インタープレタティオ・ヤポニカ

—アングロ・サクソン人の改宗と詩—

織田哲司

明治大学出版会

まえがき

本書で目論んでいることは、折口信夫（1887-1953）とカール・シュナイダー（1912-1998）という洋の東西に存在した二人の発想をよりどころにして、英語の歴史のもっとも始まりの部分に生きた人々―われわれは彼らをアングロ・サクソン人と呼んでいる―が見つめたであろう世界の風景をいまここであらためて認識し直してみようという試みである。なぜ折口とシュナイダーなのかと言えば、ひとことで言って、この二人は古人《いにしえびと》の神を見てしまったからである。折口は日本に仏教が到来する前後の、シュナイダーはブリテン島にキリスト教が到来し、浸透する前後、中世初期ゲルマン人の精神世界を見てしまったのである。

それにしても折口信夫とカール・シュナイダーはなんと頭抜けて驚異的な洞察力をもった文献学者であり言語学者であったことか。その発想のスケールがあまりに大きすぎたため、知能的《インテリジェント》な人間の集まりである学会という世界ではメインストリームにはなりえなかったのだ。この二人はそれほどまでに知的《インテレクチュアル》であった。

民俗学者、折口信夫についてはあらためて紹介するまでもない。「まれびと」と呼んだ来訪神を「発見」し、この神を中心に国学、民俗学から芸能史や神道学にいたる広大な学問体系を構築して日本人の精神を描いた。「まれびと」論は日本人の祖先の世界観を理解するための作業仮説である。折口の晩年に内弟子として生活をともにした岡野弘彦も書いている。

「まれびと」論は古典や個々の村々の事実を精細に取り入れて緻密に組みあげられた一つの仮説的な体系であって、今後も実証面であるいは推論の形成面で、より精緻により深化した内容が加えられてゆくであろう。

（「神の発見とその言葉」、折口信夫『古代研究Ⅲ』、p.8）

推論のことを英語でspeculationという。たとえば「彼の学説はspeculativeだ」と言ったとき、そこには彼の学説は「根拠薄弱な」とか「当てずっぽうだ」という否定的な意味合いが多分に込められている。経済行為の文脈でもinvestmentは「投資」を表すが、speculationは「投機」である。そこにはいわばバクチの要素が入りこむのだ。そのようなわけで折口の「まれびと」論は、本人亡き後、岡野が期待していたように、より精緻により深化した内容が加えられることはほとんどなく、むしろspeculativeな思い込みとして学会では建設的な議論の対象とはされていないようである。なにしろ学会というものは論理性と実証性を錦の御旗とする知能集団である。ここでは「知能的な《インテリジェント》」というのは「分析的な《アナリティカル》」とほぼ同義である。だから折口の「まれびと」論は学会とは今もって親和性が低いのである。

しかし考えてみれば、文系理系を問わず学術的洞察はすべて仮説なのである。仮説であるから、あるとき別の仮説に取って代わられるかもしれない。でもそのときまでその仮説は一応の「真理」なのである。われわれの周囲には定量的に、つまり客観的に実証することが難しい事柄が存在する。これは紛うことなき事実である。それに果敢に取り組むのが文系の研究なのだ。人文学はドイツ語でGeisteswissenschaft《ガイステス・ヴィッセンシャフト》というが、直訳すれば「精神知」である。精神は定量的に取り扱えるものではない。ちなみにGeist《ガイスト》は英語のghost「幽霊、亡霊」にあたる。

論理性や実証性は学問の目的ではない。それは手段にほかならない。いうまでもないことだが、学問の目的は真理の追究である。たとえば折口が、「人は神となり、神は人となる」と言ったとき、折口の「まれびと」論は、われわれの先祖の世界観により肉迫していたのではなかろうか。先祖に限らない。いま、日本の若者はなにかの分野で抜きん出た技能の持ち主を気軽に「神」と呼んでいるではないか。折口の「まれびと」論が学会でさほど受け容れられないのは、折口があまりにも学問の最先端を進みすぎたからなのだ。

いまひとり弟子の池田弥三郎はそんな折口のユニークさについてこう述べる。

…いくら証拠を探したって、文献資料のごく限られている古代などの場合は、どのみち、証拠らしいものはありはしない。それを、一つ二つの、ほんの偶然の記録を、じつに見事に生き生きと使って行かれて、古代をそこに画き出す。この能力は、おそらく誰にも追随を許さないことであった。

（『まれびとの座』、pp. 23-24）

この「一つ二つの、ほんの偶然の記録」から古代を描き出す能力は類推的《アナロジカル》なものである。少ない文献資料からかくも壮大な精神世界を再構築して見せたのだから、この能力はまったくもって類推的なのである。「知能的な《インテリジェント》」であり「分析的な《アナリティカル》」な能力を研ぎ澄ませた現在の研究者たちは折口について行けないのだ。折口の洞察はそれほどまでに深かったといえるだろう。

折口の場合とほぼ同じことがカール・シュナイダーにもあてはまる。しかしこの学者の名を聞き知る人はほとんどいないであろう。もしもこの名前に聞き覚えがあるなら、その人はシュナイダーの4番目の弟子である渡部昇一先生が、たとえば『英語の語源』（講談社、１９７７年）や『ドイツ留学記』（講談社、１９８０年）などで恩師について祖述したり回想したりした箇所を記憶している人である。

シュナイダーは印欧比較言語学を修めた後、印欧比較神話学の研究を行い、印欧諸語で伝えられた神話の神々の祖型的系統図を再建した。もちろんこの神統系譜《テオゴニー》は、わずかではあるが文献記録が残っている時代から残っていない時代の人々の精神世界を再構築したものであるから、これはいわゆる作業仮説である。そしてこの神統系譜を足がかりにして中世初期のゲルマン諸語に残る『ルーン文字名称記憶詩』を完全に解読したほか、古英語のみならずゲルマン諸語で最古かつ最大の英雄詩『ベーオウルフ』がいつ、どこで、だれによって、何のために創られたのかにいたるまで解き明かしてみせた。卓越した類推能力によって打ち立てられたみごとな金字塔である。

　しかし仏教やキリスト教が到来する前の異教の神を見ることなどできるのだろうか。おそらく科学的な、あるいは実証的な学問の方法論を採るかぎり見ることはできないであろう。『パンセ』を著したパスカルによれば、人間にはどうやら「繊細な精神」の持ち主と「幾何学的な精神」の持ち主の2種類があるらしい。後者はなにもデリカシーに欠ける人という意味ではなく、分析《アナリシス》を重んじる科学的な志向性をもった人を指す。だとすれば前者は類推《アナロジー》に秀でた人ということになる。

　折口について池田弥三郎が述べていたように、日本であろうとヨーロッパであろうと1000年以上も昔の文献の数などたかがしれている。少ない文献をよりどころにして古人の精神世界を垣間見るというような作業は類推という知的《インテレクチュアル》な営みなしには不可能なのだ。おそらくこういうことなのだろう。つまり、分析的《アナリティカル》な方法論はこの世の物理的な存在には適用できるが、人間やそのほかの存在とは質的に異なる神を分析することなど到底できやしないのである。古代人は類推的《アナロジカル》に神を見た。そして現代人は分析的《アナリティカル》にモノを見る。

　人間とはじつに面白くも不思議な存在で、物理的に、つまり定量的に表現されうる肉体の上に、定量的には理解されえない精神が接ぎ木されている。そして、その精神が神をとらえたとしても、ひとたびそれを言語で表現しようとすると、そこに齟齬が生じるのである。ハードウェアとしての言語は物理的な音なのだから。つまり人間の言語では神を表現しきれないのだ。これは残念なことではあるが、表現しきれないものを懸命に表現しようとする知的な営みが人間の文化であるともいえる。

言語で神を表現しきれないということは、言語で表現されたものをそのまま受け取って観察しても、だいじなものには到達できないということだ。夏目漱石の脳を解剖しても坊ちゃんは出てこないのである。そうではなくて、表現されたものを深く鋭く洞察して、その向こうにある表現されえなかったものを認識しなければならないのである。それがドイツの文献学者アウグスト・ベック（1785-1867）が言った「認識されたるものの認識」なのである。折口とシュナイダーはそれをものの見事にやってのけた。

いま、このような学問を学問として認める必要があるだろう。折口はまだいい方である。「折口学」ということばもある。しかしシュナイダーはその弟子や孫弟子がいるにもかかわらず「シュナイダー学」が成立するにはいたっていない。

とにかく、この世のあらゆるものが定量的にとらえられ、あるいは定量的にとらえられたものだけが人間の学問のみならず欲求の対象となってしまったこの時代に、そうではない質的なものの研究を復活させることは大いに意味があるはずだ。そして、渡部昇一先生と土家典生先生によって継承されてきた学問の伝統を途絶えさせてはならない。そんな思いが本書には詰まっている。

なお、本書の構成のあらましをここで記しておくと、第1章ではカール・シュナイダーという学者の研究を紹介した。ここでは、かつて渡部先生が『国語のイデオロギー』（中央公論社、1977年）や『英語の歴史』（大修館書店、1983年）で、そして土家先生が「古英語における植物と成長」（上智大学出版、2006年）でなされた同様の試みと重複していることをお断りしておく。第2章から終章まではシュナイダーと折口信夫の研究を参照しながら、筆者が古英詩ならびにアングロ・サクソン人の世界観の再解釈を試みた。本書であつかう内容は時代的には主としてキリスト教到来直後のブリテン島の文化であるから、序章と終章で教会によるキリスト教の布教過程をたどっている。第3章は2012年から2015年にかけてイギリス国学協会年次コロキウムや学会誌『アステリスク』にて発表した内容を、第4章は2015年に日本中世英文学会にて発表した内容を、それぞれもとにしたものである。

なにしろ学術的な内容を一般の読者にも読みやすいものとするために、平易なエッセーへと書き改めたものであるから、注の類は極力なくし、学術論文では不可欠な先行研究の評価や批判も省かれていることをあらかじめ記しておく。また、本書の中で何度も現れる『ベーオウルフ』からの引用には、古の武士《もののふ》のことば遣いを見事に再現している忍足欣四郎先生の訳を使わせていただいたことを、お断りしておく。

目次

第2章 インタープレタティオ・ヤポニカI：天皇とゲルマンの王

序章——アングロ・サクソン人のキリスト教改宗

シュライと呼ばれる入り江はバルト海から内陸へ30キロ以上も入りこんでいる。ゴットルフ城はそのもっとも奥まったところに建っていた。バロック様式のこの白い館はもともとホルシュタイン・ゴットルフ家の居城であったが、いまはシュレスヴィヒ・ホルシュタイン州立文化芸術博物館と考古学博物館が入っている。

英語の歴史を学ぶ者にとって関心があるのはもちろん考古学博物館の方である。ここの最大の展示物はニーダム・ボート。専用の別棟に展示されている。現在の国境から少しだけ北側、つまりデンマーク側に入ったところにある泥炭地から1863年に考古学者コンラート・エンゲルハルトによって引き上げられた船である。1859年以来オールの断片が回収されていたが1863年8月17日に全長23メートルあまりもある完全な船体が沼の中から姿を現した（図1参照）。

ニーダム・ボートは紀元3世紀から4世紀にかけて造られたと思われる。この時期、ユトランド半島を含むバルト海東部はゲルマン人同士の血なまぐさい戦いが断続的に起こっていたようだ。それはひとつには天候不順によって引き起こされたものと考えられている。食糧資源が枯渇し、増加する一方の人口を養えなくなったため、近隣の集落への略奪行為が幅をきかせ始

図1　ニーダム・ボート

めたのである。これには別の要因もあって、幾度となく起こったローマ人との衝突の末、彼らとの貿易が崩壊してしまった。このため贅沢品の入手が不可能になったため、これまた近隣の集落への略奪によって貿易を補うことになったとも考えられている。

このような蛮行が頻繁に起こった末、とにかく沿岸部はもはや人の住めない地域になってしまった。集落は内陸へ移り、またフィヨルドや湾の入り口には敵船の航行を妨ぐための障害物が沈められたほどである。おそらくこのニーダム・ボートも故意に沈められた船であろう。しかし、もとはといえば入り江の奥地まで入り込み、集落を荒らしまわるのに使用されたのもこの種の船だったにちがいない。

ニーダム・ボートが見つかったアンゲルン地方はよほど平穏な生活を望めない地域になってしまったのか、人々はこの地での生活をあきらめ、あまりにも危険なバルト海とは反対側のユトランド半島西側の海へ出て、安全な居住地を求めて海岸伝いに西進していった。フリースランド諸島を越えてライン川河口域にとりあえず上陸したものと思われる。そしてその後さらに西へ進んでたどり着いたのがイングランド南東部であった。イギリス側の歴史書『アングロ・サクソン年代記』と『英国民教会史』によれば４４９年、ともに「馬」の名前をもつヘンギストHengistとホルサHorsaという二人の兄弟に率いられたゲルマン人ジュート族がはじめてかの地のイプウィネスフレオト（Ypwinesfleot）に上陸したとされる。現在ではエップスフリートと呼ばれ、ケント州ラムズゲートのサネット地区にあたる。

ラムズゲートという町はケント州の東端に位置する港町で、晴れた日には約50キロ先にフランスの対岸が見える。ノルマンディーのカレーである。ロンドンからカンタベリー詣でに来る人はいても、その少し先にあるラムズゲートまで来る観光客は夏期をのぞいてほとんどいないであろう。いるとしても、地元の英会話学校に短期留学する人ぐらいかもしれない。よく本にはラムズゲートはサネット島にある町と記されているが、それは３００年も前までの話で、その後土砂が狭い海峡に堆積したため、いまでは本土とつながっている。

いまから思えば、この小さな港町は私と運命の絆で結ばれていたのかもしれない。はじめてイギリスを訪ねたのは故ダイアナ妃の婚礼当日。二週間ほど滞在したが、当時高校生だった私は、まさにこの地が英語発祥の地であるなどとは思いも寄らなかった。

二度目のラムズゲート訪問が実現したのは、同じくケント州のメイドストーンにある小さな宿からのドライブの途上。カンタベリーから延びるB級道路をサンドウィッチの海岸へ向かい、まさに車がサネット地区に入ったときのこと。予期せぬ形で私の興奮は最高潮へと達した。なぜならばロード・マップが示していたのはそこがエッブスフリートという地点で、このあたりにはイングリッシュ・ヘリテージの史跡が存在するというからだ。

地図には書ききれない細い農道を探し回ったあげく、ついに発見したのは畑の真ん中に建つケルト風の十字架であった。パネルの解説によれば、これは「聖アウグスティヌスの十字架」と呼ばれ、５９７年の聖アウグスティヌスのイギリス上陸を記念して19世紀に建てられたものだという。聖アウグスティヌスはローマからイングランドへキリスト教をもたらした人物である。しかし私はどこか腑に落ちない気持ちにおそわれた。エップスフリートというのは『アングロ・サクソン年代記』の４４９年の章にイプウィネスフレオトと記されている地名で、この地にイギリス肇国の祖ヘンギストとホルサが上陸したと記録されている。キリスト教が到来する１５０年も前の話である。17世紀のゲルマン狂徒リチャード・ヴァーステガンの書にあるヘンギストとホルサ上陸の図は当時の想像の産物であるとしても、エップスフリートこそアングロ・サクソン人の国、イギリス発祥の地なのである。

この国にキリスト教を布教した聖アウグスティヌスを記念するのはもちろん意味あることである。しかし現代のイギリス人は、それより１００年以上も前にゲルマンの地からやってきた祖先がはじめてこの地に上陸したことをどうして記さないのであろうか。

このあたりの彼らのメンタリティーはロンドンで古英語研究をするうちに徐々にわかってきたような気がする。普通のイギリス人にとっての国史は、かの国がキリスト教国になったときから始まるのだ。なるほど年代記はキリスト教が少なくとも王族の間に広まったとされる7世紀末以前のことも伝えてくれる。しかし異教の時代などはかぎりなくフィクションに近い物語なのかもしれない。異教時代に関心を抱くのは、考古学者か文献学者のほかにおらず、その文献学者もキリスト教文学としての古英語文学を研究する大多数の学者をのぞいたほんのわずかな研究者のみである。アングロ・サクソン時代の王で一般の記憶に残っているのは民家でパンを真っ黒焦げにしたアルフレッド大王のみであろう。

続いて立ち寄ったバトルの町は１０６６年にアングロ・サクソン王朝最後の王ハロルドがウィリアム征服王率いるノルマン軍の矢に目を射られた末、剣で斬殺された町。一般にはヘイスティングズの戦いと呼ばれているが、実際に戦が繰り広げられたのはヘイスティングズよりも10キロほど内陸に入ったバトルの町。のちにウィリアム征服王が建立した僧院の廃墟の向こうには強者どもが散っていった野原が広がる。

ここではかの有名なバイユー・タペストリーに描かれたハロルドの最期の場面がTシャツなど土産物に姿を変えてたくさん売られている。フランスからの征服者に国王が殺され、アングロ・サクソンの王朝が途絶えたというのに、いまのイギリス人はどこか能転気な気がしてならない。アングロ・サクソンの血統には隔絶感を抱き、ゲルマンの異教には無関心なイギリス人。これが「英語の本場」イギリスで古英語の研究に携わった私の印象である。

＊　＊　＊

◉――なぜ「教会史」なのか

日本の史書として『古事記』と『日本書紀』があるように、イギリスには『アングロ・サクソン年代記』と『英国民教会史』がある。『アングロ・サクソン年代記』はアルフレッド大王（849-899）が編纂を命じたとされていて、紀元1世紀から１１５４年までの歴史が編纂された当時の英語で記されている。一方で『英国民教会史』はと言えば、尊師《ヴェレナビリス》ベーダ（673－735）がラテン語で書き綴ったもので、イングランドへのキリスト教到来から729年までを扱う。

しかし不思議に思う人も多いはずである。なぜ国王ではなく、また司教のような高位聖職者でもない一司祭のベーダという人物が著した「教会史」が国史の一翼を担うのかと。ところが同書はなにも教会の内部資料にはあらず、イングランドの国史と見なされるに足る価値ある史書なのだ。著者のベーダは死後少したった9世紀以来、その深い学識のために尊師と呼ばれるようになり、1899年に教皇レオ13世により「教会博士《ドクター・エクレジアエ》」と宣言された（教会では聖ベダと呼ばれている）。

それでもなお、「教会史」が国史であることが腑に落ちない人もいるだろう。この疑問に対するもっとも簡潔な答えは、ヨーロッパの中世とはそういう時代であった、ということに尽きる。476年の西ローマ帝国滅亡をもって古代が終わるとすれば、その後の1000年は東西を問わずヨーロッパという空間にキリスト教が広まり、充満し、人間のあらゆる営みの基となっていた時間であった。中世といえば、天に向かってそびえる大聖堂が建てられ、都市が出現し、大学が創設され、学問が発展し、法律が整備され、色鮮やかな文学が産み出された時代であることを知っている。しかし文化を創造する動力《トライベンデ・クラフト》はすぐれて精神的、もっと言えば霊的なものにほかならない。

このようなことを言えば、それではこれほどまでに人間文化が発達した現代のことをどのように説明するのか。近代になって神の束縛から解放されたからこそ、人間性の横溢や爆発がみられるようになったのではないのか。そんな現代に比べると、中世はなにかにつけ神が優先されたあまり人間性が抑圧された、暗くて寒い時代ではなかったのかと反論する人がいるかもしれない。たしかに近代にはそのような見方も存在したであろうが、時代がさらに下り、現代になると、いまわれわれが直面しているさまざまな問題は、じつは人間性の横溢ではなくて人間性の欠如から生じているのではないかと考えられるようになってきた。ではその人間性とはなにかといえば、それは目に見えないものに思いを致すことなのである。人間の五感でとらえられないものを神と呼んでも呼ばなくてもよいが、とにかく形而上的《メタフィジカル》な知性の働かせ方をすることがもっとも人間らしい営みであることにあらためて気づいたのがポスト・モダンと呼ばれる時代なのだ。

ここでふたたび中世に光が当てられる。先に中世では精神的なものを動力としてさまざまな文化が創造されたと記したが、歴史家クリストファー・ドウソンのことばを借りれば次のように表現されるだろう。

もしわれわれが、中世宗教の特色はなにかとたずねられたならば、「中世においては、宗教のもつ霊的理想が、現実の有機的社会に直接端的に表現されていた」と答えなくてはなるまい。それほどに中世に行われた心霊生活は、曖昧模糊とした憧憬でも、抽象的な観念でもなく、まさに十二分の意味での実際生活であった。

(『中世のキリスト教と文化』p. 37)

とにかく中世とはそういう時代であった。だから、まさに古代の西ローマ帝国が終焉を迎えたのとほぼ同じ時代に、国家としてのかたちを形成しはじめたイングランドの歴史がすなわち「教会史」である理由はそこにあるのだ。

さて、本国の弱体化に伴い紀元410年にローマ軍がブリテン島から撤退するが、『アングロ・サクソン年代記』と『英国民教会史』によれば、現在の大半のイギリス人の祖先となるゲルマン人がはじめてイングランドに上陸したのは449年のこととされている。ヘンギストとホルサという首領兄弟によって率いられたゲルマン人はユトランド半島から北ドイツの沿岸部にかけての地域からやってきた人々で、ゲルマン語、いま風に言えば当時のドイツ語の北部方言を話し、また父祖から伝わる神々を信仰していた。

イングランドへ上陸し「アングロ・サクソン人」となった彼らはその後、大陸から次々と同族の民を呼び寄せ、先住のケルト系住民を島の脇へと追いやった末、100年ほどかけていわゆるアングロ・サクソン七王国《ヘプターキー》を形成していく。この期間、イングランドで展開されていたのは大陸の故郷と同じゲルマン人の文化と考えてまちがいない。ところが最初のゲルマン人が上陸してからだいたい150年が経ったころにブリテン島へキリスト教が到来する。これは時のローマ教皇グレゴリウス一世（540?-604）の考えによるものであった。ベーダの『英国民教会史』第2巻第1章によると、ブリテン島への宣教団を派遣するきっかけとなったのは実際の派遣の約20年前にさかのぼる。

575年のこと。グレゴリウスがまだ教皇ではなかったとき、グレゴリウスがいつも買い物をしていたローマの市場で、ある若者たちを目にした。この若者たちは売りに出されていたのである。彼らの光輝く白い肌、美しい顔立ちとブロンドの髪の毛がひときわグレゴリウスの目についたのだ。グレゴリウスは奴隷商人に、この若者たちはどこからやってきたのかたずねた。すると商人は「ブリテン島から」と答えた。さらにグレゴリウスは、「この者たちはキリスト教徒なのか、あるいは異教徒なのか」とたずねた。商人が答えて曰く、「異教徒だ」。グレゴリウスは涙を流して声をあげた。「このような見目麗しい者たちが闇の主の手の内にあるとはなんと恥ずべきことよ。」彼らへの関心がより強まったため、グレゴリウスはさらにたずねた。「この者たちは何という民族の出じゃ。」商人は「アングル族（Angli）です」と答えた。「いかにも、この者たちはたしかに天使《アンゲルス》（angelus）のような面立ちをしておる。天国の天使たちの群れの中に受け入れられなければならぬ。彼らはいずこの地よりやってきたのじゃ。」商人曰く、「デイラ（Deira）より。」するとグレゴリウスは、「まさしく、彼らは神の怒りから（de ira）逃れてきたのじゃな。そこの王は何と申す。」「アエッラ（Aella）と申します」と商人が答えた。するとグレゴリウスは突然叫び声をあげた。「アレルヤ（Alleluja）、そこでは創造主たる神を誉め讃えることばが響き渡らねばならぬ。」

このようなことば遊びを含んだやりとりが本当かどうかはさておき、とにかくこのとき以来グレゴリウスはいつかブリテン島に福音を届けるべく機会をうかがっていたにちがいない。そして時が満ちて597年、教皇となっていたグレゴリウスの命を受けたアウグスティヌス以下40名からなる宣教使節団がブリテン島の南東端、現在のケント州ラムズゲートのはずれにあるサネット島に上陸したのである。ここは偶然にも、時間をさかのぼること約150年前に大陸からやってきたゲルマン人がはじめて上陸した場所でもあった。

それにしても新しい土地に新しい宗教を布教させるというのはたいへんな大事業である。40名ほどの修道士が未知の土地へやってきたが、街角で辻説法を行えばこと足れりというわけではまったくないのだ。彼らは聖書や典礼書など大量の書物をイングランドへ運び込んだ。現在ケンブリッジ大学コーパス・クリスティ・コレッジに保管されている聖アウグスティヌス福音書《ゴスペルズ》と呼ばれる福音書もこのとき、または5年後にやってきた第2次宣教団とともにもたらされたと考えられている（図2参照）。

図2　聖アウグスティヌス福音書

そしてさらに、どういうわけかキリスト教の修道士たちは書物を読むだけの人々ではなかった。とにかくよく書いた。あらゆることを記録したのだろう。そのようなわけで、彼らは文字と筆記のために必要な道具をもたらした。そこには羊皮紙、インク、鵞ペンや葦ペンなどが含まれていた。こうしてキリストの福音と同様に文書を書き残すという習慣そのものもまたアングロ・サクソン人にとっては重大な影響を与えることになるのだ。

アウグスティヌスを長とする宣教団はさっそくこの島の所有者であるケント王エセルベルフト(c. 560-616)に謁見し、この国に善き知らせをもたらすべくやって来たという自分たちの来訪目的を伝えた。なんでもその善き知らせを受け入れた人は天国で真なる神とともに永遠の喜びにあずかれるというのだ。このとき王は宣教師たちに対し、追って沙汰があるまで島にとどまるよう命令した。

そして数日後、王は従者たちを引き連れて島へ来て、宣教団と話し合いの場をもつが、そのときの様子を『英国民教会史』第1巻第25章の記述により見てみよう。

数日後、王は島を訪れ、屋外に座してアウグスティヌスとそのほかの宣教師たちが姿を現すのを待った。王は屋内では謁見しないように配慮した。なんとなれば、王に対して宣教団が何らかの魔術を用いた場合、(屋内であれば)王はそれに騙され、優位を奪われるという昔ながらの迷信を信じていたからである。……そして王の命により宣教師たちが座り、王とその廷臣たちに対して命のことばを説いた。その後エセルベルフトは言った、「そなたたちのことばと約束は、それはすばらしいものではある。しかしながらそれらはわれわれにとって目新しいものであり、また不確かな中身を有しているものであるから、それを受け入れて、わが民とともに信奉してきた信仰を捨て去ることはできない。しかしそなたたちは遠方よりはるばるお越しになったのだから、そしてそなたたちが真なるものと信じるものをわれわれに伝えたいと思うその気持ちには偽りはないと見た。だからわれわれはそなたたちの邪魔をしない。おもてなしさせていただきたいので、お入り用のものも給しよう。さらにはわれわれはそなたたちが説教することを禁じはしないし、多くの民をそなたたちの宗教に引き入れんとすることを禁じもせぬ。」

この後、エセルベルフトは宣教師団がカンタベリーに移ることを許可した。そしてエセルベルフト自身は洗礼を受けた。じつのところ、この王の妻ベルタはメロヴィング朝フランク王国、パリのカリベルト王（c. 517-567/8）の娘であり、キリスト教徒だったのだ。

◉――教会の布教戦略

５９７年の末にはアウグスティヌスはカンタベリー司教へと叙階され、この地でのローマ・カトリック教会が組織され始める。さらに６０１年にはローマから大修道院長メリトゥスを含む新しい宣教師たちが派遣されてくるが、彼らがもたらしたのはアウグスティヌスが大司教になったという知らせであった。メリトゥスは教皇グレゴリウスからの書簡を携えていて、そこにはアングロ・サクソン人への宣教活動の指針が記されていた。『英国民教会史』第1巻第30章からその内容を垣間見ることができる。

異教のご神体（現地ではそう呼ばれている）が安置されたる寺院を破壊してはならない。寺院の中のご神体のみを取り除くべし。一方で、寺院そのものには聖水を散布して清め、キリスト教の教会として使用すべし。そしてそこに祭壇を設け、聖遺物を保管せよ。この寺院がうまく作られたなら、それは悪魔の崇拝場所から真の神の崇拝場所へと変わることが求められる。したがって、民はその寺院が破壊されていないのを見て、昔から慣れ親しんだその場所へとそのぶん好んで足を運ぶのである。さらに、民は悪魔への生贄のために多くの雄牛を屠殺する習慣をもっているが、これはたとえば教会開基祭の日とか、その遺物が教会に安置されている聖なる殉教者の祝日などの、ほかの祝祭によって置き換えられなければならない。それはすなわち、それぞれの教会のまわりに木の枝で作った小屋を建てることを許すとか、悪魔への生贄としてこれ以上生き物を捧げることはあいならないが、そうではなく、神を讃えるために家畜を殺し、食し、万物の恵み手に対してその養いを感謝することを認めるとかである。そうすれば、外面的には譲歩をしている一方で、そのぶん早く人々は神の恩寵を通して心のより内面の慰めに同意するのである。そうすれば、彼らの反抗的な心から直ちに異教的なものを一掃することは不可能であるという疑念はすべてなくなるのである。

ベーダは、イングランドがいかにつつがなくキリスト教化されていったのかを知らせるために同書を著したわけであるが、この活動指針を読むと、ローマ教会はなんと巧みな戦略をもってイングランドの宣教に臨んでいたのかがよくわかる。このようにして、『英国民教会史』の各部分からわれわれは、そして多くの研究者はローマ教会によるキリスト教布教の工程を知るのである。

ところがカール・シュナイダーはちがった。シュナイダーの理解はそれにとどまらなかった。『英国民教会史』に含まれる、いわば裏の情報にも着目したのである。つまりキリスト教宣教団が改宗させようとしているアングロ・サクソン人のそれまでの信仰―宣教師側から見れば「異教」―についての情報である。そもそもゲルマン異教についてはごくわずかな断片的な情報しか伝えられていない。それは指輪や壺など考古学的な出土品や石碑に彫られた碑文で、そこにはルーン文字が使用されている。これらが物的証拠であるとすれば、文献証拠としてはジュリアス・シーザー（BC100-44）の『ガリア戦記』（BC58-52）やタキトゥス（c. AD 55-c. 120）の『ゲルマーニア』（AD98）で、これらはもちろんラテン語がローマン・アルファベットを用いて記されているものである。

物的証拠はあまりに断片的すぎて、それらが制作された時代背景など、コンテキストには不明な部分があるし、また文献情報はゲルマン人によって記されたものでなく、ローマ人がときには情報提供者から聞き取った内容を記したものであり、そこには「ローマ人的解釈《インタープレタティオ・ロマーナ》」が含まれていることから、これまで研究者たちはどちらかと言えば眉唾物としてこれらの文献資料を取り扱ってきた。

ゲルマン人の異教をめぐる状況はこのような有様だから、その全貌を知ることなどほとんど絶望的であった。そもそもゲルマン人の信仰は彼らがほかの印欧語族から分岐する前の古代文化に根差す土着信仰であったため、聖書などの経典は存在する余地がないと考えられている。ということは、ゲルマン人の異教を知るためには文献証拠としては間接的な情報に依拠するほかないわけである。

ベーダは修道僧であり、イングランドが神の福音を受け入れてキリスト教国に変わっていくさまを記録しているわけだから、そこには当然「キリスト教的解釈《インタープレタティオ・クリスティアーナ》」が入り込んでいる。シュナイダーはもちろんそれを承知のうえで、「キリスト教的解釈」とそうでない部分をいわば腑分けしながら洞察を進めていった。そしてこれまで引用した『英国民教会史』の箇所から読み取られたことはだいたい以下のようになる。

1. ゲルマン人は重要な事柄は屋外で会議を開いて決定する
2. ゲルマン人は異教徒の客人に対しても手厚いもてなしをすることをよしとする
3. ゲルマン人の信仰ではご神体を社に安置していた
4. ゲルマン人の信仰では雄牛を屠殺して神へ捧げた
5. ゲルマン人の信仰では木の枝で作った小屋が用いられた

データというものは所与のデータをプラスの方向へと見るのか、あるいはマイナスの方向へと見るのかによってその意味合いが変わるものである。多くの研究者が『英国民教会史』からイングランドにおけるキリスト教の布教史を見ているところで、シュナイダーはそれのみならずゲルマン人の異教について洞察を得た。いわばマイナスの方向へと目を向けるセンスをもっていたわけだ。シュナイダーの手にかかると『英国民教会史』はゲルマン人の異教信仰についての情報の宝庫と化す。これまで引用してきた箇所以外から多くの情報を得られるが、それらについては後の章に譲ることにしよう。とにかくイングランドでは、このようにして異教徒アングロ・サクソン人に対するキリスト教の布教が始まった。

第1章——カール・シュナイダーの古代研究

1989年のドイツと言えば、だれでもその11月に起こったベルリンの壁崩壊を思い起こすであろう。ふり返ればたしかにその年8月のベルリン、ウンター・デン・リンデン通りはブランデンブルク門の西側とは対照的に死んだように静かだった。約100年前にこの帝国首都に留学していた森鷗外の面影を追いながら歩く私に東ドイツマルクを米ドルと交換してほしいと無茶な頼みごとをする若者と、昭和40年代の中頃に父が乗っていたトヨタ・パブリカと同じようなエンジン音を立てて走るトラバント以外には動くものの気配はなかった。それが暮れゆく共産主義の町だった。

ベルリンの後、J・S・バッハゆかりのアイゼナハやライプツィヒを訪ね終えてドレスデンからウィーン、フランツ・ヨーゼフ駅行きの夜行列車に乗っていたところ、真夜中の国境駅で東ドイツ国境警備隊が乗り込んできて、私以外の乗客に対して厳しい出国検査を行っていたのは、すでに人々の自由への憧れがあの夏には爆発寸前にまで達していたことを物語っていたのだといまさらながら思ってしまう。

しかし、1989年のドイツは私にとってベルリンの壁崩壊よりもはるかに印象深い出来事を用意してくれていた。ところはオランダにほど近いウェストファリア、ミュンスターで恩師の恩師にあたるカール・シュナイダー博士のご自宅に日参して一夏を過ごすことになったからである。

じつのところ、先に述べた東ドイツ行きは日程調整のためだった。7月末にドイツ入りしていたものの、シュナイダー先生はアイスランドへの研修旅行のためミュンスターを不在にしておられた。そこで先生がご帰国される8月半ばまでのあいだ、私は東ドイツとオーストリアをめぐることにしたのだった。

そもそも当時大学院生であった私がなぜシュナイダー先生のご自宅に日参することになったのか。それはシュナイダー先生の講義録を録音し、文字起こしして保存するためにミュンスター入りしておられた土家典生先生の後を私が追って行ったからである。指導教授の渡部昇一先生が背中を押して下さったことは言うまでもない。

はじめてお目にかかったシュナイダー先生はいかにもゲルマン人という感じの厳つい大柄な体格の持ち主だった。定年よりも早くミュンスター大学を退職され、奥様に先立たれてひとり暮らしだったが、その後も研究論文を発表されていた。

ゲルマン人一部族の名前を通り名にしたケルスカー・リンクに面するご自宅で講義録の録音作業がいよいよ始まった。講義録は速記文字で記されていた。それもドイツ語の速記文字であったから、外国人でしかも速記の訓練を受けていない私たちにはまったく判読不能だった。シュナイダー先生は録音機を前にひたすらそれを読み続けられた。当時はまだカセット・テープ全盛期。テープの片面が終わると書斎の奥からハスキーな声で「オダ」と呼ばれた。すると私がカセット・テープを裏返すのである。かたやリビングルームでは録音されたばかりのカセット・テープを再生しながら土家先生と私が音を聴き取って文字起こしする。こちらはてっきり英語を聴き取って文字起こしするものだとばかり思っていたから、ドイツ語を聴き取るよう言われたときには面食らった。シュナイダー先生には英語で吹き込んで下さるようお願いしたが、ドイツ語速記文字で書かれたものを読み取って瞬時に英語に訳することなどできるわけがないと呆れられた。速記文字を読み取るのは簡単な作業ではないのである。一方でドイツ語リスニング能力ゼロのわれわれにとっても録音されたドイツ語を文字起こしすることはまったくもって困難な作業だった。

この夏の後、シュナイダー先生とはミュンスターでも東京でも何度かお目にかかる機会に恵まれた。羽黒山で行われた講演会ではシュナイダー先生の通訳を務めさせていただいた。１９９８年、私がロンドン大学での留学を終えようとしていたとき、シュナイダー先生が入院されたという一報が届けられた。私はすぐにミュンスターへお見舞いに駆けつけたが、すでに意識がない状態でベッドに横たわっておられた。なんでもご自宅近くの公園を散歩中に心臓ペースメーカが変調をきたし、そのまま倒れて昏睡状態に陥られたという。そして私が留学を終えてロンドンから帰国した数日後、シュナイダー先生は帰らぬ人となられた。はじめてお目にかかった夏から９年後、１９９８年の年の瀬のことだった。

シュナイダー博士の墓はミュンスターの東のはずれ、ラオハイデ森林墓地の中に佇む。周囲の墓石とはちがい、ほぼ自然のままのおにぎりのような丸い墓石には十字架は付けられていない。それはシュナイダー先生がキリスト教よりも、自らが研究してきたゲルマンの神々を信じておられたからだそうである。そう、シュナイダー先生はゲルマン人はおろか印欧語族の神統系譜《テオゴニー》を再建されたのだ。そのモデルにあてはめてゲルマン人の精神世界を垣間見られただけではない。東の空から馬車に載せられた太陽が毎朝昇っていく。その車輪がコロコロ転がる音まで聞き取られたのだ。

＊＊＊

◉——カール・シュナイダーの半生

思えば、シュナイダーもあの戦争によって運命を変えられたひとりであった。1912年、日本でいえば明治天皇が崩御される数ヶ月前にコブレンツ近くの貧しい農家に生まれた先生はギーセン大学へ進学するが、そのとき自由に使えるお金は月々50マルクから家賃の7マルクを除いた分だけであった。もちろんシャワーもなにもない部屋で二段ベッドをルームメイトと分け合っていた。その窮状を見た印欧比較言語学者ヘルマン・ヒルト教授（1865-1936）が自分の家で寝泊まりするよう勧めて下さったという。ヘルマン・ヒルトは7巻からなる『印欧語文法』（1927-1937年）の著者で、印欧語族の原郷地《ウア・ハイマート》を推定した印欧比較言語学のビッグ・ネームのひとりである。

ヒルト教授は規則正しい生活の実践者だった。毎朝4時に起床して、午前11時までを研究時間に充てていた。その後は正午まで授業を行った。昼食の後には1時間午睡をとり、目覚めると犬を散歩に連れて行き、カフェで同僚たちとチェスを楽しんだ。夕食後はピアノを弾いたりゲーテを読んだりしてくつろぎ、午後9時には就寝するという生活であった。その飄々と散歩する姿を見て周囲の人々が時間を知ったという逸話が残るあの大哲カントを思わせるではないか。そんなヒルト教授だが、朝の6時に「起きろ、リトアニア語の時間だ」とか「サンスクリット語の続きを読むぞ」または「ホメロスの時間だ」などと言ってしばしばシュナイダーの部屋のドアを叩いたという。ヒルト教授にとってシュナイダーは最後の、そして最愛の弟子になっていたのである。

このようないわば理想的な環境のもと、シュナイダーは印欧語の様々な言語を学び、ついに1936年、「原始ゲルマン語の主文と従文における定動詞の位置について」という博士論文を完成させた。しかしドイツでは博士号を取った後も教授職に就くためには様々な試験を受けなければならない。まだまだ修行が続くのである。

シュナイダーが教授資格論文《ハビリタツィオンス・シュリフト》のためにトカラ語Aの研究に着手したのはイギリスのマンチェスターでドイツ語を教えていた時期であった。トカラ語は7世紀ころまでシルクロードで知られる西域で用いられていた言語で、トルファン周辺のオアシスで見つかった仏典写本に記された言語をトカラ語Aと呼ぶ。第2次大戦が始まる直前にふたたびギーセンに戻り、大学で教鞭をとっていたが、1941年に徴兵されドイツ空軍兵となった。しかしなにもメッサーシュミットを操縦していたわけではない。諜報活動に従事したのである。捕虜となった連合国軍兵士や撃墜された敵方航空機から見つかった文書を解読して情報を引き出すのである。この仕事をしているうちに暗号を解読する感性《マインド》が育まれたため、従軍していた日々はけっして時間の無駄遣いではなかったと後に回想している。しかしそのあいだにベルギーのある研究者がトカラ語Aの研究を本にまとめていたことをシュナイダーが知ったのは終戦後のことだった。戦争は終わったが、シュナイダーの教授資格論文の計画も潰えてしまった。

終戦の1945年、ギーセン大学は再開されなかった。大戦末期の爆撃によりあまりにも多くが破壊されたからである。しかし幸いにもシュナイダーは近くのマールブルク大学の英語講師の地位を得た。マンチェスターにいたころから地道に進めていたトカラ語Aの研究はいまや他人の業績となってしまった。しかしシュナイダーはあきらめなかった。灰燼に帰したドイツ中世の町並みが見事に復興していったように、シュナイダーは別の新しい研究テーマを見つけてリサーチと執筆を始めた。そのテーマが『ルーン文字名称記憶詩』（*The Rune Poem*）の解読だった。『ルーン文字名称記憶詩』は古サクソン語、古英語、古ノルウェー語、古アイスランド語による4つの写本に残されているもので、それぞれのスタンザ（連）が各ルーン文字の文字名称を説明する構成になっている。ルーン文字はキリスト教を受容する前のゲルマン人が用いていた宗教文字である。シュナイダーは戦後の食糧事情が極度に悪い中、一日16時間かそれ以上ものあいだその不思議な文字の解読に集中していたという。そしてこの教授資格論文「ルーン文字名称記憶詩研究（"Studien zum ae. Runengedicht"）が完成したのは1949年のことだった。この論文が1956年に『ゲルマン語ルーン文字名称記憶詩研究』（*Die germanischen Runennamen*）として出版される。

教授資格論文は印欧語族とゲルマン語派の文化史そして比較神話研究をもとにして『ルーン文字名称記憶詩』全体をごっそり解読しようという試みである。もちろんそれ以前にもこの詩を解読しようとした研究者は存在したが、なにしろシュナイダーの解読ではすべての内容が一貫しており、それもゲルマン人の世界観、いや宇宙観が投影された詩であると解釈したものだから、この教授資格論文を審査した教授のうちのひとりは、「ここで述べられていることが本当なら、ヤコプ・グリム以来の大発見だ。おそらくこの若者の解釈は間違ってはいるだろうが、さりとて私はこれを否定することはできない。だから審査を降りる」と述べたという。ちなみにこの教授資格論文の審査には当初はくだんの教授を含めて関係分野9学科の教授陣が担当した。トカラ語Aの研究を断念して新たに取り組んだ古代ゲルマン研究がこのような伝説的な逸話を残すことになったのも戦争のせいだと言えば大げさだろうか。

この論文において、『ルーン文字名称記憶詩』の解読のための重要な作業仮説がある。それが再建された印欧語族の神統系譜《テオゴニー》である。印欧語族の各神話を比較することによって最大公約数的に抽出された神々の系譜のことである。これにより、のちに印欧諸語として分離していくことになる言語を話す人々がおおよそどのような神々を信仰していたのかが予想できるのである。古代印欧人が認識した世界像の枠組みが再建されたわけである。

シュナイダーはミュンスター大学で教授職を得た後も精力的に研究を続けた。ルーン文字の書記システムを解明したことは、ゲルマン人のキリスト教移行期に起こった偽装異教の発見につながった。「カモフラージュド・パガニズム」と名づけられたこの現象は、簡単にいえば「隠れキリシタン」ならぬ「隠れ異教徒」のことで、ルーン文字の書記システムを知らないキリスト教宣教師から見ればキリストを讃美する意味に取れるが、従来のゲルマン異教の神官から見ればゲルマンの原初存在神《ウア・ヴェーゼン・ゴット》（原初神）を讃える内容となるようにルーン文字の使用法を工夫してメッセージを残す方法である。カモフラージュされた異教信仰という言語学にとどまらず文化史的にも、また宗教史的にもすこぶる重大な発見だった。

ほかにもあまりに難解すぎてそれまで研究者によって敬遠されてきたフランクス・カスケット右面の解読や、古英語で書かれたゲルマン諸語の中で最古の英雄詩『ベーオウルフ』を成立年代から作者にいたるまで包括的に解明した『ベーオウルフ講義』も比類なき壮大な研究である。

◉――「イメージの考古学」

なにごとも経験ということで、ピュア・オーディオ専門店の視聴室に入れてもらい高価なオーディオの音を聞かせてもらったことがある。視聴するＣＤは自宅からもっていったものだから普段の聞こえ方とどう違うのかがわかるというものだ。そしていざプレイヤーのボタンを押すやいなや驚かされたのはコンサート・ホールの張りつめた空気感が再現されていることであった。演奏が始まる直前の話である。もちろんオーケストラのそれぞれの楽器は明瞭に聞こえる。それこそ弦を押さえる指のこすれ音まで聞こえてくる。しかしもっとも感心したのは無音状態の空気感の再現能力だった。逆説的な事実の発見だった。

世にオーディオ・ファンなる人々が存在する。その一方で音楽愛好家も存在する。面白いのは両者が必ずしも同種の人間ではではないということである。前者は徹底的によい音にこだわる一方で、後者はよい音楽に感動したいタイプなのだ。前者の世界の住民が珍しく音楽会へ行ったが、どうも晴れない表情をしている。曰く、「自宅のオーディオで聴く方がよい音をしていた」そうな。もちろん音楽好きにとっては、いつでも生の演奏に触れることができなくても、できればよい音で聴きたいものではある。それはそうなのだが、オーディオ・ファンと音楽愛好家は必ずしも一致せずというのもひとつの事実のようである。

＊＊＊

なぜオーディオの話題をもちだしたのかといえば、ハードウェアにこだわるオーディオ・ファンと、あくまでソフトウェアを重視する音楽愛好家の関係は従来の印欧比較言語学とカール・シュナイダーによる「イメージの考古学」との関係に似ているような気がするからである。なぜシュナイダーは古代ゲルマン人の壮大な世界観を読み解くことができたのか。それはヘルマン・ヒルト教授のもとで鍛え上げられた印欧比較言語学の確固たる知識と兵役中に育まれた暗号解読のセンスが融合して「イメージの考古学」へと結晶化したからである。

「イメージの考古学」というのは、シュナイダーやその弟子たち、そしてシュナイダーと同時期にドイツ語語源学の分野で大きな成果を残したミュンスター大学のヨスト・トリアー（1894-

１９７０）が実践した語源学のことを渡部昇一先生がそう呼んだものである。たとえば「輪」を表す英語の名詞のringと「鳴り響く」という動詞のringは別個の単語であると考えられてきた。しかしタキトゥスの『ゲルマーニア』第45章では、ゲルマンの人々は「太陽が昇るときには音が聞こえる」と信じているという記述がある。古代の人々は、太陽は馬車に牽かれて水平線から昇り、天駆けていくというイメージをもっていた。そこでシュナイダーはルーン文字のᚱ（文字の名称はrad、音価は[r]）は車輪の形に由来し、その象徴的な意味は太陽の馬車であると予想した（図3を参照）。ᚱの字形は車輪のリムとスポークの一部から成り立つという。ここにおいて、太陽は音を立てて昇るのだから「輪」と「鳴り響く」がつながるのみならず『ルーン文字名称記憶詩』のᚱのスタンザもすっきりと解明されるのだ。

図３　太陽の馬車

◉――それまでの印欧比較言語学

ところでゲルマン人もその一部である印欧語族とは、現在、東はインドから西はユーラシア大陸最西端のイベリア半島までの広大な地帯で話されている大半の言語のことで、ここに含まれる言語どうしは人間でいえば血縁関係にあたる。だからここに関係する諸言語を包括的にランゲージ・ファミリー、すなわち語族と呼ぶ。さらにこれらの言語はかつて単一の言語で、徐々に枝分かれしたのかもしれないと考えられた。そのまだ分岐する前の単一言語として想定されているのが祖語あるいは基語である。現在有力であるとされている、リトアニアの考古学者マリア・ギンブタスのクルガン文化説によれば、紀元前5000年から2000年ごろにかけて印欧系の文化が黒海からカスピ海北方のステップ地帯に存在し、この一帯が印欧祖語の原郷地《ウア・ハイマート》ではないかと推定されている。この言語群に含まれる各言語の歴史をさかのぼり、祖語を再建しようとするのが印欧比較言語学なのである。印欧祖語は文献では確認されていないため推定形を示す＊（アステリスク）を付けて表記される。

印欧語族にはおよそ12の語派が含まれているが、英語やドイツ語はオランダ語や北欧の諸言語とともにゲルマン語派に分類されている。紀元前1000年ごろにゲルマン語派が印欧祖語から分離したときに、特徴的な子音のずれが起こった。印欧祖語のp、t、kなどの子音がゲルマン祖語ではf、þ、hへと変化したのだ。たとえば英語のfatherは印欧祖語の*petērにさかのぼる。この一連の子音対応法則は、それを発表したヤコプ・グリム（1785-1863）の名をとって一般に「グリムの法則」と呼ばれている。カール・シュナイダーの『ルーン文字名称記憶詩』解読が「グリム以来の大発見」と言われたあのグリムである。もちろん童話のグリムでもある。

これまでの印欧比較言語学では、主として歴史の中で生じた音韻変化をさかのぼることにより語源が探求されてきた。フリートリヒ・フォン・シュレーゲル（１７７２－１８２９）、フランツ・ボップ（１７９１－１８６７）、アウグスト・シュライヒャー（１８２１－１８６８）など主としてドイツの言語学者たちは、さながら取り憑かれたかのように印欧祖語の探求に邁進した。自分たちの言語をさかのぼると、はるか昔の東の果て、インドの地でお釈迦様がしゃべっていた言語とつながっている――このロマン主義的な熱狂が彼らを衝き動かしたのだ。

時が少したち、印欧比較言語学はロマン主義的な言語学から「言語科学」へと発展していった。「音法則に例外」なしという考えをドグマとして掲げた青年文法学派《ユンク・グラマティカー》の誕生である。アウグスト・レスキーン（１８４０－１９１６）、ヘルマン・オストホフ（１８４７－１９０９）、カール・ブルークマン（１８４９－１９１９）たちはそれまでの印欧比較言語学を精密な音韻研究へと研ぎ澄ませていったのである。しかし青年文法学派による音の科学が言語のハード面のみをもっぱらの観察対象とし始めた瞬間に、この方法ではすくいあげることができない領域が取り残された。それが言語のソフト面、すなわち人間の精神活動を表す領域であった。これに加えて、印欧祖語に気づき始めたころからヤコプ・グリムやアダルベルト・クーン（１８１２－１８８１）、マックス・ミュラー（１８２３－１９００）らの神話学者が考察していた宗教的領域の言語は、民族学がもたらした思い込みによって人々から目を背けられてしまった。なぜなら当時の民族学によれば、古代印欧人の信仰はアニミズムのような原始的なものにちがいないと想定していたからである。

◉——印欧語族の神統系譜《テオゴニー》

しかしヒルト博士のもとで印欧比較言語学を修めたシュナイダーの目には、ゲルマン語を含む印欧語の示す概念範疇を見れば、原始的とはとうてい言えない物質的にも精神的にも高等な文化が映し出されているように見えたのである。そこでシュナイダーは確信した。印欧語の中に透けて見える高等文化に対しては、もはや原始的ではない宗教が先立って存在したにちがいないと。なぜならば、成長の土台としての宗教のない文化などありえないからである。

このような考えのもと、シュナイダーはヤン・デ・フリース、ウド・ホルムベルク、そしてヘルマン・ギュンタートらの研究を参照しながら、比較言語学の方法論にならって印欧語族の神話を比較することにしたのである。その結果として得られた印欧語族の宗教の姿が神統系譜《テオゴニー》として整理されることになる。そして、そこでは次のような指導原理が働いていると考えた。

1. 信仰している人々のイメージの中では、どの神も多くの特徴を与えられるので、信仰している人々はそれに応じてその神に多くの名称を付け加える。そしてこれらの名称はさらに、ことばの上で同義語となりバリエーションが豊かになる。それでも個別の名称は、ある神の特徴的な側面を言い表す。

2. すべての古印欧語族の個々の民族に対して確認されているように、多神崇拝のシステムにおいてはいかなる神も独自の存在を有してはいない。個々のどの神もその全体的な機能の中にシステムとして組み込まれている。したがって、多神崇拝のシステムは全体として無秩序なカオスではなく、十全に秩序立てられたコスモスなのである。そのシステムの中で、どの親戚関係が神話の記述において成立しているのかに注意を払うのが重要である。

3. 関連する証拠を評価する際に、年代的な視点は決定的な役割をひとつも果たさない。というのも、完全な宗教的な信仰空間において、時間は静止しているからである。そのうえ、われわれに伝承されてきたすべての証拠はもともと完全であった宗教の姿の断片を表すにすぎない。もともとの宗教の姿の特徴は、古い証拠の中よりも新しい証拠の中においてよりよく保たれてきている。証拠がさまざまな社会的な層から由来していることに目を向けることのほうが、証拠の古さよりもはるかに重要である。今日においてさえ季節ごとの風習のなかに存在しているように、ずっと続いてきた農民下層階級に由来する証拠は、時間的により古い証拠よりも宗教史的に概して古いものである。なぜなら、時間的により古い証拠は貴族的で知的な上層階級に根差しているが、この階級は、スカルドの宮廷を見ればわかるように、歴史の中では宗教的に安定しているとはいえない。

シュナイダーは『ゲルマン語ルーン文字名称記憶詩研究』で再建した神統系譜という作業仮説にもとづいて古代印欧人の信仰に根差した世界観を参照しながら、語源を探求し、文献を解読した。考えてみれば、単語は人間の精神が世界を切り取った世界像の反映であるから、古代の人々が抱いたであろう世界観を再建するという試みは音韻研究に劣らず不可欠なのだ。

シュナイダーが『ゲルマン語ルーン文字名称記憶詩研究』で再建した印欧語族の神統系譜は、ギリシャ神話やローマ神話、ゲルマン神話、インド神話などを比較して、いわばそれらの最大公約数を抽出して各言語が分岐する以前に存在していたと思われる神々の系譜を再建したものであ

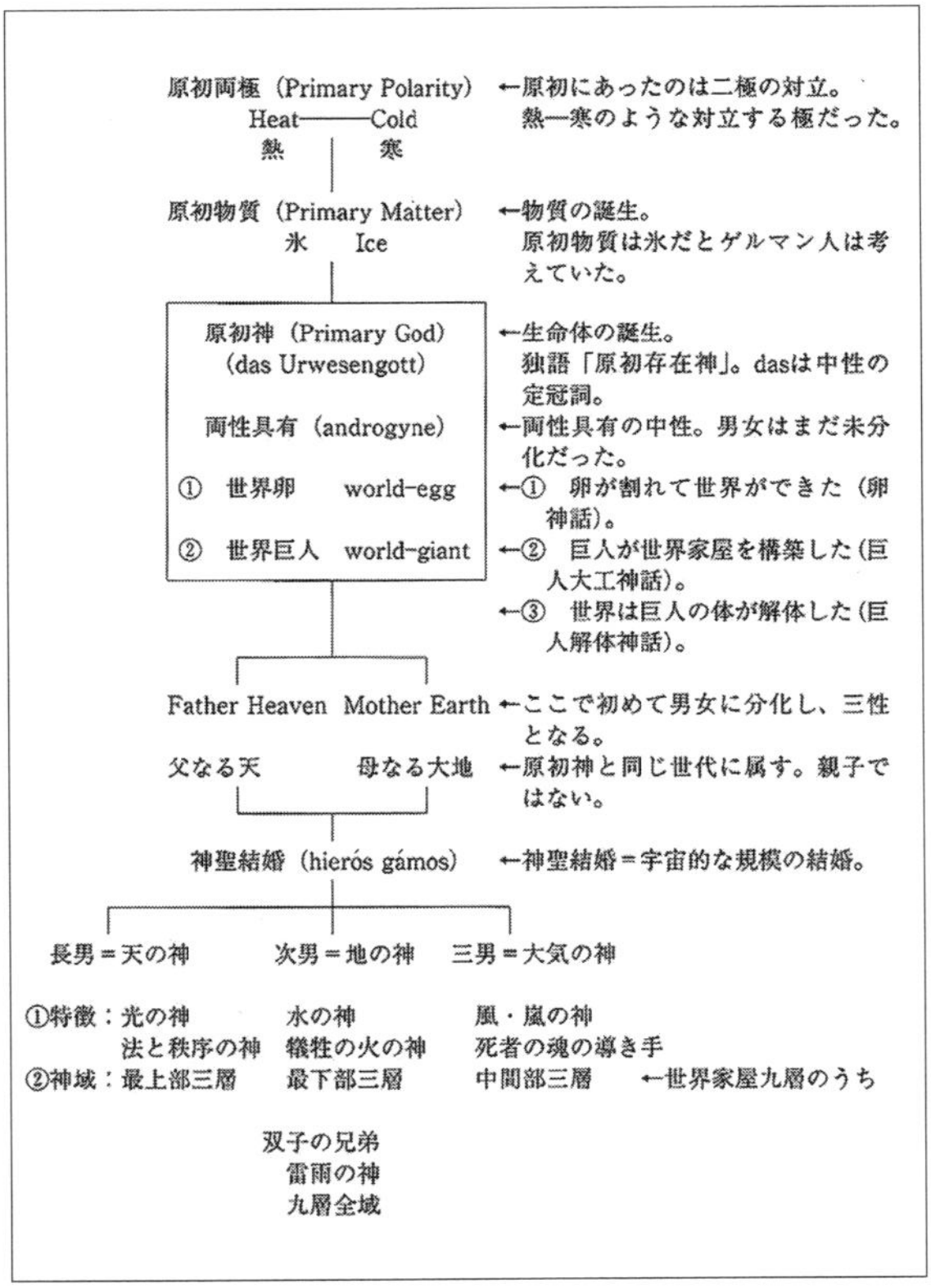

図４　印欧語族の神統系譜

る（図4を参照）。それを概観してみると、最初の生命体としての原初存在神《ウア・ヴェーゼン・ゴット》から「父なる天《ファーター・ヒンメル》」と「母なる大地《ムッター・エルデ》」が分かれ、さらに両者の神聖結婚《ヒエロス・ガモス》により天の神、地の神、そして大気の神が生まれたという。そのほかに若い兄弟神などを含めて十柱の神々から成り立っている。日本と同様に印欧語族にもたくさんの神々が御座したわけである。従来の印欧比較言語学は印欧祖語の語根を再建したが、シュナイダーはそれにとどまらず、印欧人の精神世界の核となる神々の系譜を再建したのだ。たとえて言えば、自分たちの祖先はＬＰレコードを聴いていたのか、あるいはカセット・テープを使っていたのかというハードウェアのレベルの話ではなく、グレゴリオ聖歌を聞いていたのか、マーラーを聴いていたのかというソフトウェアの問題へと踏み込んだわけである。

◉――北欧神話の宇宙創成物語

ここでまずは印欧語族の諸言語に残る神話の一例として北欧神話を一瞥し、シュナイダーが再建した印欧語族の神統系譜にしたがって古代の印欧人が抱いていたであろう宇宙創成のイメージから、その後に出現したそれぞれの神々について詳しく見てみよう。北欧神話は北ゲルマン語派に分類される古ノルド語で書かれており、13世紀から14世紀にかけてアイスランドで書き留められたもので、神話の成立としては決して古いものとは言えない、しかしゲルマン諸語で記された神話という意味ではゲルマン人の祖先の世界観の名残を見て取ることができる。

『巫女の予言《ヴォルスパ》』（谷口幸男訳『エッダ―古代北欧歌謡集』より）

第3節
ユミルの住んでいた太古には、砂もなければ、海もなく、冷たい浪もなかった。大地もなければ、天もなく、奈落の口があるばかりで、まだどこにも草は生えていなかった。

第4節
やがて、ブルの息子たちが、大地を持ち上げ、名高いミズガルズを作った。太陽は南から大地の石の上を照らし、地には青々と緑の草が萌えた。

第52節
スルトは南から、枝の破滅（火焔）をもって攻め寄せ、戦の神々の剣からは、太陽がきらめく。岩は崩れ落ち、女巨人は倒れ、人々は冥府への道をたどり、天は裂ける。

引用者注
ユミル（Ymir）：世界の始まりに生まれた原初の巨人。
ブル（Borr / Búrr）：雌牛が塩を含む霜を舐めているうちに現れた神であるブーリ（Búri）の息子をブ

ルという。このブルの息子がオーディン（Óðinn / Odin < Woden）、ヴィーリ（Vili）、ヴェー（Vé）である。

ミズガルズ（miðgarðr / 古英語 middangeard）：人間の住む世界。「真ん中にある地帯」という意味で人間が宇宙の中心を占めているという世界観にもとづく。


『ギュルヴィたぶらかし』（谷口幸男訳『エッダ―古代北欧歌謡集』より）

第5章
ガングレリはいった。

「人類ができる前はどうだったのでしょうか。また、どういう風にして人間の数はふえたのでしょうか。」

すると、ハールがいった。

「エーリヴァーガルという川があって、一緒に流れる毒気を含んだ泡が、火の中から流れている鉱滓のように固まるほど、例の泉から遠くに流れてきたとき、それは氷に変わった。そして、その氷がとまって流れなくなると、毒気からなる靄がその上に立ちこめ、それが氷っては霜となり、霜が次から次とふえて重なり合い、奈落の口に達しているのだ。」

すると、イヴァンハールがいった。

「奈落の口の北側は、重い氷と霜でおおわれており、中には靄がたちこめ、突風が吹いている。だが、南側は、ムスペルスハイムから飛んでくる火花によって、それから守られているのだ。」

すると、スリジがいった。

「ちょうど、ニヴルハイムから寒冷とあらゆる恐ろしいものがやってくるように、ムスペルの近くにあるものは熱くて明るい。そして、奈落の口は風の凪いだ空のように穏やかだった。そして、霜と熱風とがぶつかると、それは融けて滴り、その滴が、熱を送る者の力によって生命を得、人の姿となった。それはユミルと呼ばれ、霜の巨人たちはアウルゲルミルと呼ばれている。これから霜の巨人族は由来したのだ。それは、短い『巫女の予言』にいわれているとおりだ。

……

すると、ガングレリがいった。

「それから一族はどのようにしてふえたのですか。たくさんの人間が生まれるようになったのですか。今、あなたのいわれたのを神だと信じておられるのですか」

すつと、ハールがいった。

「われわれは、彼が神であるなどと全く考えていない。彼は悪い奴だ。彼の一族も同じだ。われわれは彼らを霜の巨人と呼んでいる。こう伝えられている、彼が寝ていると汗をかいた。

そのとき、左腕の下から男と女が生まれた。彼の一方の足がもう一方の足の息子をこしらえた。これから一族が生まれたのだが、それが霜の巨人たちだ。あの老巨人をわれわれはユミルと呼んでいる」

第6章

するとガングレリがいった。

「ユミルはいずこに住んでいるのですか。何を食べて生きているのですか」

ハールは答える。

「霜が滴り落ちたとき、次にアウズフムラという牝牛ができた。そしてその乳首から四つの乳の川が流れ出た。この牛がユミルを養ったのだ」

すると、ガングレリがいった。

「牝牛自身は何を食べていたのですか」

ハールは答えた。

「牝牛は塩からい霜でおおわれた石をなめたのだ。最初の日のことだ。石をなめていると、夕方になって人間の髪の毛が石から出てきた。翌日には、人間の頭が、三日目には人間全体がそっくり現れた。この人間はブーリといい、容姿が美しく偉丈夫だった。彼はボルという息子をえたが、このボルは巨人ボルソルンの娘のベストラを娶り、二人のあいだに三人の男子が生まれた。ひとりがオーディン、もうひとりがヴィリ、三人目がヴェーだ。そしてこのオーディンとその兄弟が、天地を支配しているというのがわたしの信仰だ。われわれは、彼がこういう名であるにちがいないと信じておるのだ。それは、われわれが知っているうちでいちばん偉大ですぐれた者の名なのだ。たぶんお前だって、そういう名をつけたことだろう」

引用者注

ムスペルスハイム（Mespellsheimr）：もっとも古い世界のひとつで灼熱の炎に包まれている。
ニヴルハイム（Niflheimr）：もっとも古い世界のひとつで極寒の地。

以上はあくまで一例であるが、ほかの神話と比べると、だいたい次のように宇宙創成神話の祖形を再建することができる。

◉――原初両極と原初物質

神々は太初から存在していたものではなかった。原初に存在していたのは「熱」と「寒」あるいは「乾」と「湿」、「固」と「液」、「作用」と「結果」、「運動」と「停止」、「男性」と「女性」のように対立する二つの極の緊張関係であった。『ギュルヴィたぶらかし』の場合なら、先に見た

第5章で語られているように「熱」と「寒」という根源的な自然要素の対立になる。おそらくアイスランドの北欧神話伝承者ならば氷に覆われた大地から世界の始原に対するイメージを受け取っただろう。したがって彼らにとって原初物質は氷である。

現在の宇宙物理学ではビッグバン理論というものが提唱されている。それによれば宇宙の初期に物質とエネルギーが高温、高密度の状態で1箇所に集まり、そこから爆発的膨張が起こったという。よく考えてみれば、太古から伝わる神話とビッグバン理論はなんだか似ているように思える。さらにいえば、旧約聖書の「創世記」で語られる宇宙創成神話では神が「光、あれ」とおっしゃると光ができたという。ビッグバン理論が聴覚的な表現であるとすれば、「創世記」は視覚的に始原を説明していることになる。そして古代の印欧人もそれらに劣らず理屈っぽく説明しているのがわかる。ちなみに『古事記』の冒頭には「天地《あめつち》初発《はじめ》之《の》時《とき》於高天原《たかまのはらに》成《なりませる》神《まき》名《のな》天之御中主《あめのなかぬしのかみ》」と記されている。最初に世界があったという。ここで見るうちの旧約聖書だけが最初に神が御座したことになる。

◉――生命の源、豊穣の神としての原初存在神

さて、生命体は次の段階ではじめて発生するが、これが始原の神なので原初存在神《ウア・ヴェーゼン・ゴット》と呼ばれる存在である。北欧神話では原初存在神は熱が原初物質に及ぼす影響で生まれた。その原初存在神

は生命をもった世界(宇宙)の創造者として主に世界巨人(原初大工)、世界卵、という二つの形態で表象され、そこにさまざまな特性と機能が読み取れる。

宇宙そのものの始まりなのであるから原初存在神においては空間と時間はまだ分かれていない。さらに原初存在神は天候を作り出す。雨、雪、雹、霰を降らせ、氷結させるのはこの神の力による。この特性を表現する原初存在神の呼称として、ゲルマン諸語に分岐する前のゲルマン祖語にはハガル *Hagalが想定される。ハガルは「卵」や「睾丸」、「氷結した丸い物」を表す。もとは印欧祖語の *kakólos「小石、卵、睾丸、コロコロしたもの」にさかのぼると考えられている。ハガルは古英語ではヘギル Hegilと称されるが、近代英語で「雹」を表すhailと同語源である。

時間や天候を中性の代名詞 itを主語として表すのは原初存在神が男女に未分化で、両性具有の中性であることに由来する。巨人神話によれば、両性具有の原初存在神の自己生殖あるいは自己犠牲によって「父なる天」と「母なる大地」が生じたとされる。「父なる天」としての呼称にはゲルマン祖語のマンヌス *Mannuz「生殖者」、古ノルド語のボルまたはブル Borr / Búrr「生む者、吠える雄牛」、フローディ Froði「口から泡を吹く者、精液を飛び散らせて大地を受精させる者」、ブルスゲルミル Brudgelmir「力の輝きに属する者」などがある。また「母なる大地」を表す呼称にはゲルマン祖語のネルトゥス *Nerþuz「力の強い者」、古英語のエオルザン・モードル eorþan-modor「母なる大地」、エルケ Erce「大地ちゃん」、フォルデ folde「広く伸ばされた者」、フィラ・モードル fira modor「人々の母」のほか、古ノルド語のベストラ Bestla「膨らんだ女、膨らんだ土地」、フィヨルギン Fjorgyn「生みの母」、フリッグ Frigg「愛しき者、妻」、フロディン Hlóðyn「大きく広げられた者」などがある。Frig は Friday「金曜日」の語源となる呼称である。

原初存在神は男女未分化なので自分の命を犠牲にすることにより「父なる天」と「母なる大地」を生み出した。自己を犠牲にして亡くなった最初の生き物として死者の神であり、その座を銀河近くの輝ける来世にもつ。原初存在神は木の上で亡くなったというが、古英語では「木」を treow（近代英語 tree）、beam、rod（近代英語 rood）で表現した。現在、「十字」の意味で用いられている cross が英語に入ったのは中英語時代の1200年ごろであるから古英語時代には知られていない。ゲルマン的な武士の主従関係を背景としてキリストの受難を歌った古英詩『十字架の夢』は原題を *The Dream of the Rood* といい、cross は使われていない。

死者の神としての原初存在神は古代インドのサンスクリット語ではヤーマ Yama と呼ばれた。これが漢訳仏典では「閻魔」と記された。ヤーマは両性具有を暗示する「双子」でもある。死者の世界は明るいと考えられている。そこは仏教では「ポータラカ」（potalaka 光の国、光明山）と呼ばれ、これが漢字で「補陀落」と転写された。ここでの pota-「光」は photograph「写真」の前半部と同じ語源にもとづく。ちなみに日本で「補陀落」を「フタラ」とか「フタアラ」と読んだためこれに「二荒」という字を当てた。さらに「二荒」の別の読みである「ニコウ」に「日光」の二文字を当て直したのが栃木県の日光である。もとは光の国だから、音と意味が一致していて、たいへんよくできた当て字である。

「父なる天」と「母なる大地」を生み出す別の表象として北欧神話では原初存在神が汗をかき始め、左の腋窩に男と女が生まれたというものがある。タキトゥスが『ゲルマーニア』第2章でゲルマン人の信仰対象をトゥイストTuistoと記録しているが、ゲルマン祖語では*tuiはtwoのことであり、やはり両性具有を示唆する。また古ノルド語の呼称ユミルYmirは古インド語のヤーマYamaにあたる。ラテン語のヤヌスJanusは前面と後面に顔をもつ双面神として知られる。ここでも両性具有を示唆する二つの顔は旧年と新年を見ているところからJanuary「1月」の語源となる。

原初存在神による「父なる天」と「母なる大地」という空間創成をさらに別の仕方で表象したものとして卵神話がある。印欧祖語の*kakólos「小石、卵、睾丸、コロコロしたもの」が示すように、世界卵として原初存在神は世界の起源となる原初空間であると同時に、生殖・生命・豊穣と関係している。すなわち原初存在神は究極的原因であり、あらゆる豊穣の源である。人間や動物の生殖・繁殖も植物や穀物の生育・繁殖もすべてこの原初存在神が司る。「父なる天」と「母なる大地」の合体で作物が豊かになるのも、背後にこの神がいるからである。

世界卵が割れて男性原理をもつ天と女性原理をもつ大地に分かれる前の完全な状態がwhole（古英語 hal）であり、その形容詞形がholy（古英語 halig）である。完全な状態というのは、世界が男性原理と女性原理に分かれる前のことだから原初存在神のヘール（繁栄、安寧、健康、平和などをもたらす力）が充満している状態を意味する。キリスト教の復活祭イースター（Easter）で卵が使用されるが、Easterはもともと Eostre（エオストレ）で「湿り気を与えられたもの」を意味する女神の名称だった。つまり、原初存在神としての世界卵が割れて天と地に分かれたのちの「母なる大地」が春になってふたたび「父なる天」から雨として表象される湿り気を与えられ、一年の豊穣をもたらすことを予祝する祭だった。このようなキリスト教到来以前の生命の復活と豊穣を予祝する異教の春祭に、のちにキリスト復活の祭が上書きされたのである。

そして春から季節が進み、収穫の季節が巡ってくる。おそらくゲルマン人は「収穫」をイェールgērと呼んだのだろう。この意味と文字名称を与えられたルーン文字がᛃなのだが、その字形は男女が抱擁するさまを表すとシュナイダーは考えた。そしてgērの「収穫」という意味から二次的に発達したのが「年」という意味である。これがyearの語源である。漢字でも「年《ネン》」は「稔《ネン》」なりである。

ヨーロッパでは春先にボロや皮でできたボールを蹴り合い、最後は川に蹴り落とす古い行事が残っているところがある。ボールは原初存在神を象徴する卵に由来する。最後にボールを川へ蹴り落とすのは、別の生命を生み出すために、原初存在神にいったん死んでもらうことを意味するのであろう。つまり、これらの行事は死と再生を表現しているのと解せられる。ボロや皮の断片を持ち帰ることがあるのも豊穣祈願のためである。このボールを蹴る行事がおそらくサッカーの起源に結び付くもっとも古いものと考えられている。

古インド語の呼称で「繁栄をもたらす者」を意味するプーシャン Pūṣan も原初存在神の豊穣をもたらす機能に由来するものであろう。去勢されていない雄牛が雄牛御供《ごくう》として原初存在神に捧げられる。雄牛御供の儀式を西ゴート人がイベリア半島に伝え、これが現在スペインの闘牛として残っている。神官によって殺された雄牛の血は豊穣の予祝として大地にまかれた。「祝福する、祝福」を表すbless（古英語 bletsian）と「血を流す」のbleed（古英語 bledan）や「血」のblood（古英語 blod）が同語源であるのはこのような豊穣祈願の予祝にもとづくからである。のちにキリスト教宣教師は屠殺された雄牛の地によって大地を「清める」ことを忌避した。そこでblessから血の匂いを抜き取り、その代わりに「祝福する、祝福」という意味を充てたのである。

原初存在神は原初生殖者として神一族の始祖であり、人類すべての氏族・部族の創始者であるから古英語で「最初の者」の意味をもつフレアFreaと呼ばれる。ゲルマンの王家の家系は先祖をたどると神に連なる。ベーダによる『英国民教会史』の４４９年の記述や『アングロ・サクソン年代記』の同年の記述に出てくるヘンギスト HengistとホルサHorsaも、祖先はウォーディンWodenであると記されている。古インド語のプルシャPuruṣaも「最初の者」の意味で、生命の産み出す最初の神であると同時に死者の神でもある原初存在神を表す。同じくヴィシュヴァカルマンViśvakarmanは「万物の作り手」のことである。

◉——世界大工・世界巨人としての原初存在神

人間の生存する空間が卵の分割によって生じたとする表象方法とは別の種類の表象がある。それは、原初存在神は原初大工として世界家屋を建設するというものである。原初存在神は世界家屋の床柱に相当する世界柱と同一視されるばかりでなく、世界柱と関連した植物、世界樹とも同一視される。古英語での原初存在神の別名ドリヒテン Dryhten は「大工の棟梁」を、スキッペンド Scyppend は「(床柱としての世界柱を) 支える者」を、そしてメトッド Metod は「(世界柱の建立地を) 測定する者」を意味する。スキッペンド Scyppend は近代英語の shaft「柄、軸」と、メトッド Metod は measure「計測する」と同語源である。古インド語のトゥヴァシュトル Tvaṣṭṛ もまた世界大工として世界家屋を建築する。この呼称は印欧祖語の *teks-「織る」から派生した語で、technic「工学」や text「織物」も語源を同じくする。糸と糸を巧みに組み合わせて布を織る行為は宇宙創成にも等しい神の技、聖なる行いと解されるのである。

日本の神話で伊邪那岐命《イザナギノミコト》と伊邪那美命《イザナミノミコト》の二神が天御柱を立てることにより八尋殿を造ったのと似て、ゲルマン人は宇宙を原初大工が建設する世界家屋として表象した。世界家屋は木骨作りの家屋であった。この世界観からさまざまな単語の語源が説明される。まずは世界柱としての床柱を立てる位置を測定するのがメトッド Metod であったが、その「柱」つまり shaft は「まっすぐ」(right / 古英語 riht) に建て (erect) なければならない。柱を天の「領域」(ドイツ語 Reich「国」、Bereich「領域」) に「到達させる」ことを reach (ドイツ語 erreichen) といった。天の「領域」の統治者をラテン語で rex「王」といい、その王は天の領域を「豊富に」(rich / ドイツ語 reich) 所有する。これらの単語はすべて印欧祖語の *reg-「まっすぐ進む」に由来すると考えられているが、このような抽象的な意味ではなく、シュナイダーによる「イメージの考古学」では一連の単語は世界大工である原初存在神の建築用語であると解せられる。

建築のイメージはさらなる単語をも説明する。「天」(heaven / ドイツ語 Himmel)は屋根に相当し、家を覆うものと表象された。これと同語源の語にドイツ語の Hemd「シャツ」がある。体を「覆うもの」である。そして「大地」である床は根太を組み合わせたものと考えられた。earth(古英語 eorðe / ドイツ語 Erde)は印欧祖語の*er-「組み合わせる」に由来し、art「芸術」や article「組み合わさったもの」と同語源である。

また壁は荒打ち漆喰を塗ったものであり、その工程を表すのが make(古英語 macian)と mix(古英語 micsian)である。両者ともに「土を捏ねて混ぜ合わせる」が語源的な意味である。そしてその壁は低木林の枝を編み込んで作った下地の上に塗られる。この「編み込む」作業のことを work(古英語 wyrcan)という。壁そのものはドイツ語で Wand だが、枝を編み込む匠の技を wonder といったのである。これがいまでは

図5　サーン・アッバス・ジャイアント

「驚き」という抽象的な意味になって残る。

印欧神話のいくつかによると原初大工が作った世界家屋の空間部は平行した3層に分割され、またその各層がさらに3層ずつに分けられていた。したがって世界家屋は合わせて9層の、いわば9階建ての高層建築物であった。9層であるがゆえに天はheavensというように複数形で表される。イングランド南西部ドーセットシャのサーン・アッバス（Cerne Abbas）の丘に描かれた身長55mもある巨人のもつ棍棒は天の屋根を支える世界柱を、そして棍棒の3つの突起は天・大気・大地という世界構造の主たる3つの層を表すものと考えられている（図5参照）。

原初存在神はこのほかにもさまざまな呼称をもっていた。天の山に住む羊飼いであり、天の山の放牧者であるところから、天の下の万物の守り手である。古ノルド語ではエッダの『ギュルヴィたぶらかし』第26章に記されるヘイムダルHeimdallやギリシャ神話のパンPanは原初存在神に相当する。パンは角をもちながらも上半身（頭、胸、腕）が人間、耳と下半身（足）が偶蹄類（ヤギ）の形をしており、家畜の守り神として伝えられる。パンパイプと呼ばれる葦笛の楽器をもつ。古代インド語のプラジャーパティPrajāpatiという呼称は「被造物の支配者」で、patiが英語のfatherにあたる。ちなみに非印欧世界で生まれたキリストも羊飼いにたとえられる。

◉——世界樹としての原初存在神

世界大工が立てる世界柱が原初存在神そのものとして同一視されることもあった。したがって天にそびえるような巨木も世界柱と見なされた。世界柱は古サクソン語ではイルミンスール irminsûl、すなわち「巨大な柱」と呼ばれたが、天にそびえる樹木としてとくに有名なのが北欧神話に出てくるユグドラシル Yggdrasill である。語源的には「イチイ（yew）でできた柱」を意味する。巨木を神聖視するのは日本人と同じ発想である。

ユグドラシルという名のトネリコの大樹が立っているのを、わたしは知っている。その高い樹は白い霧に濡れている。谷におりる露はそこからくるのだ。ウルズの泉のほとりにいつも青々と緑の樹が、高く聳えている。

（谷口幸男訳『エッダ―古代北欧歌謡集』「巫女の予言19節」）

引用者注

ウルズは運命の女神のひとり。

原初存在神としての世界樹のまわりを命や恵み、王権など世界のあらゆるものが循環する。それがゲルマン人の時間・空間の意識だった。いわば世界樹は宇宙空間の回転軸だったのである。

図6　世界樹と循環する世界

回転軸はいついかなる時も永遠に屹立していなくてはならない。このような世界樹の属性を表すことばが古英語のeald（エアルド、近代英語old）とece（エーチェ、「とこしえの」）である。ealdのもともとの意味は「よく育った」で、そこから「年をとった、古い」を表すようになった。ラテン語altus「高い」も同根語である。eceは近代英語のoac「オーク、カシの類」と語源を同じくする単語である。オークの特徴はその堅さにある。耐久性があるため「とこしえの」という意味が出た。そしてその頑丈なオークでできた世界樹のまわりを命を始め、この世のあらゆるものが循環するさまを古英語でlæne（レーネ、「儚い、一時的な」）と呼んだのである。したがってlæneの語感はたんに「儚い」ではなく、一所に滞留することなく世界をぐるぐる循環している状態をいう。læneは近代英語のloan「ローン、借り物」に相当する（図6を参照）。借り物とは一時的なものだからである。

古代ゲルマン人がキリスト教到来以前に用いていたルーン文字の解釈によれば、天に届く世界柱を伝って原初存在神の精液が流れ落ちる。ルーン文字ᚢ（urウル）は柱から液体が流れ落ちる様子を描いたもの。この文字の意味は「露、湿る」で、象徴的な意味としては「（原初存在神の）精液」である。天上から落ちてくる液体すなわち雨には原初存在神のエネルギーが含まれている。これが先に見たEasterの根元的な考えになっていた。

さらに雨水と露は同一視され、その露から花の蜜ができると考えられた。そして花にたまった蜜をミツバチは蜂蜜に変える。蜂蜜から作った蜜酒《ミード》は聖なる飲み物で、ビールやエールなどの俗なる飲み物とは峻別された。神話的発想によれば、「父なる天」から滴り落ちてきたものが花の露である。その露をハチが集めて蜂蜜をつくる。そしてその蜂蜜をゲルマンの神官が集める。蜂蜜には神官の唾液を入れて発酵させる。アニメ映画『君の名は。』で描かれる口噛み酒と同じ原理である。

蜜酒には「父なる天」の精力が宿っているのだ。蜜酒がこのようにして聖なるプロセスを経て作られることを知れば、古英詩『ベーオウルフ』で兵士たちと怪物グレンデルとの戦いがなぜこれほど惨めな結果に終わったのかがわかるであろう。

戦士らが、酒盃を傾けて麦酒に酔いつつ、
主演の広間にて業物《わざもの》を引っさげて
グレンデルの仕掛けを待ち受けんと
言挙げせしことも幾度か。
明けの朝が訪れて曙の光さし初《そ》むるころ、

この蜜酒の広間、壮麗なる館には
血潮が流れて川をなし、床几《しょうぎ》を据えたる床は朱に染まり、殿中は血糊に覆われた。

（『ベーオウルフ』480-487a、忍足欣四郎訳）

兵士たちはグレンデルとの戦いの前に「この蜜酒の広間」で「麦酒」に酔いつつ気勢を上げたのである。おそらくこの英雄詩の朗唱を聴いていた当時の人々は、聖なる蜜酒ではなく俗なるビールを飲んでだいじな戦いに臨んだ兵士たちの結末を予想し、惨敗を当然のことと受け止めたにちがいない。

また、北欧神話ではオーディン（ウォーディン）は詩の神と讃えられている。オーディンは巨人スットゥングルから秘蔵の聖なる蜜酒を盗んでアースの神々のもとにもたらした。ということは蜜酒と詩才は関係があるのだろうか。おそらく詩才も原初存在神に由来すると考えられたのであろう。

原初存在神を表す世界柱はメイポール（五月柱）としてヨーロッパの春の祭で用いられる。これはおそらく日本の神道でいうところの依り代に相当する。春になると再訪した神がこの依り代に宿るのである。そして原初存在神を表す世界柱の信仰は樹木信仰や葉の信仰へとつながる。原初存在神は「群葉、葉叢《はむら》」を作った。季節が巡り、春になると冬の枯れ枝から緑が萌え出す。古代ゲルマンの人々は季節が循環し、ふたたび春が来たことへの「確信」を古英語の geleafa（イェレーファ／ドイツ語 Glaube）という単語で言い表した。季節そのものには姿形はないが、人間はそれを目で見て触れるもので季節を実感する。日本人ならば桜の花を見て春の到来を感じる。

geleafaはのちに接頭辞がge-からbe-に代わってbelieveとなった。語幹の-lief / -laubは「木の葉」のことである。そしてもともとの接頭語ge-は集合名詞を作る働きがあったからgeleafaは葉叢《はむら》を意味したのである。季節が巡り来てふたたび葉が茂ることへの「確信」あるいは「実感」がキリスト教の到来によって「信仰」へと「改宗」したと言える。考えてみれば、ユダヤ・キリスト教が生まれた土地は森林とはほとんど縁がない環境であっただろうから、geleafa/believeはいかにも森の民ゲルマン的な単語であると言える。同じく樹木信仰よりtreeとtrueの語源的関連も理解できる。

神道のお祓いは現在でも葉の付いた小枝を用いる。

図7　フランクス・カスケット右面

これで神の力を分け与えるためである。おそらくゲルマンの神官も神道の神主と同様の所作を取ったと思われる。大英博物館所蔵のフランクス・カスケット右面にそれと思われる様子が描かれている（図7参照）。シュナイダーの解釈によれば、そこではスカート状のものを履き、石（山）に座った姿勢のヘギルHegilと呼ばれる生き物が描かれている。ヘギルとは先に見た原初存在神ハガル*Hagalのことなのだ。ヘギルは先に見たギリシャ神話のパンと似た姿形をしていて、その頭は羊、胴体と首は鷲で、前足と後足は割れた蹄をもつ偶蹄類の形をし、蹄には葉の付いた小枝をもっている。その奇妙な生き物が、前に立つ兵士の槍に、葉の付いた枝で触れている。それは神主のお祓いの所作を思わせる。そのような所作をしてこれから戦いに赴く兵士に原初存在神のヘール（古英語 hælu / ドイツ語 Heil「弥栄《いやさか》」）を与えているのである。

	長　男	次　男	三　男
タキトゥス	*Erminaz	*Inguaz	*Istraz
ゲルマン神話	Tīw	Ing	Wōden
ギリシャ神話	Zeus	Poseidon	Hades
インド神話	Varuna	Agni, Manu, Viśpati	Vāyu, Vāta, Rudra, Trita Āptya

図8　神々の名称

◉──系譜学的な見方

系譜学的な見方によれば「父なる天」と「母なる大地」は神聖結婚により4人の息子をもうけている。このうちの三柱はそれぞれゲルマン各地の王家へと連なっていく。逆に言えば、それぞれの王家はその系譜をたどれば三柱の神のうちのいずれかに連なっていることになる。ということは、王家は「父なる天」と「母なる大地」が神聖結婚したことにより生まれた神を祖先にもつことを意味する。これはこの世を治めるためのもっとも重要かつ正統な根拠であると考えられた。王とは天と地を結び、橋渡しをする存在なのである。

ひるがえって日本の皇統に目を向ければ、天照大神によって地上世界を治めるよう命を受けた邇邇芸命《ニニギノミコト》が三種の神器をもってこの世へ降り来った後、山の神である大山津見神《オオヤマツミノカミ》の娘の木花之咲《コノハナサク》夜毘売《ヤビメ》と結婚し、その息子の火遠理命《ホホリノミコト》（山幸彦）は海神の綿津見神《ワタツミノカミ》の娘である豊玉毘売《トヨタマビメ》と結婚する。こうして生まれた子が邇邇芸命の孫にあたる鵜葺草葺不合命《ウガヤフキアエズノミコト》で、この神はまたも海神の綿津見神のもうひとりの娘である玉依毘売《タマヨリビメ》と結婚する。そしてこれより生まれるのが神倭伊波礼毘古命《カムヤマトイワレビノミコト》、つまり神武天皇とされている。何が言いたいのかといえば、天孫降臨から神武天皇にいたる皇統は天津神が男神、地の神が女神となっており、すなわち印欧語族あるいはゲルマンの神統系譜と同様に、天皇もまた天と地を結ぶ橋渡し役として日本を治めてこられたということである。天皇が男系でなければならない根拠はここにある。

話をゲルマンに戻すと、長男は天の神であるところから光の神、大雨の神、雨の神でもあり、さらには宇宙の秩序、人間の秩序の神、法と秩序の神、戦いの神、そして氏族の擁護者でもある。この長男には世界構造の最上部3層がその神域として付与されている。長男の名前はタキトゥスではエルミナス*Erminaz、ゲルマン神話ではティウ Tiw、ギリシャ神話ではゼウス Zeus、インド神話ではヴァルナ Varunaと呼ばれる。天の神を崇拝したのは現在のドイツ南部を中心としたエルベ川ゲルマン語を話す人々で、彼らはエルミノーネン Erminonenと呼ばれる（図8参照）。

次男は地の神であるところから水の神であり、犠牲の火の神でもある。動植物、人間の豊穣多産の神であり、人間の祖先でもある。この次男には世界構造の最下層部3層がその神域として付与されている。次男の名前はタキトゥスではイングアス*Inguaz、ゲルマン神話ではイング Ingである。イングは「母なる大地」と交わるのだが、イングという名称は豊穣多産の神として「母なる大地」の配偶者であるから語源的に印欧祖語の*enegʷh「膨張する」「陰部」に結びつけて考えられている。またギリシャ神話ではポセイドン Poseidon、インド神話ではアグニ Agni、マヌ Manu、ヴィシュパティ Viśpatiなどと呼ばれる。地の神を崇拝したのは西ゲルマン語派の北海ゲルマン語を話したイングヴェオネン Ingwäonenと呼ばれる部族であった。この中には後にブリテン島へ移住して、のちに英語と呼ばれる言語をもたらしたアングル族、サクソン族、ジュート族も含まれる。

次男には双子の兄弟がいて、9層からなる世界構造の全層にわたり怪物やデーモンと戦うと考えられている。次男の双子の名前はゲルマン神話ではスナー Þunorという。

三男は大気の神であるところから風と嵐の神であり、嵐によって運ばれる死者の魂の導き手である。この三男には女性の殺戮軍団ヴァルキューレ Walküreが伴っていた。その神域として大気の層3つが付与されている。ヴァルキューレは飛行する雁の姿をとる。三男の名前はタキトゥス

図9　若い兄弟神

ではイストラス*Istraz、ゲルマン神話ではウォーディンWoden、ギリシャ神話ではハデスHades、インド神話ではヴァユVayu、ヴァータVata、ルドラRudra、トリタ・アプチャTrita Aptyaなどと呼ばれる。ゲルマン人は印欧系のアース族（天神系）と非印欧系のヴァン族（土神系）とが融合したものだが、言語や宗教では印欧系が非印欧系を抑えたようだ。土神系のヴァン族は、クルガン文化の担い手であったと考えられる牧畜民の印欧語族よりも先に北海からバルト海沿岸のスカンディナヴィア南部に定住して巨石墳墓文化圏を形成していた。したがって印欧系のウォーディンが死者の神というのは火葬の習慣をもつ民族から出た死者の神を意味するのである。火葬された人間は煙となって大気に昇り、風に流されて消えていく。つまり、死者の霊は火葬の煙とともに風神の手に渡る。ウォーディンはゲルマン祖語の*uoðanaz「嵐を司る者」にさかのぼる。wind「風」やwinter「冬」と同根語である。さらに印欧祖語の語根は*ue-で「ビュー」という風の音を模したものであろう。大気の神を崇拝したのは西ゲルマン語派のヴェーザー・ライン川ゲルマン語を話したイストラヴェオネンIstrawäonenと呼ばれる部族であった。

北欧神話ではオーディン（Odin、Wodenと同じ）は主神と記されているが、このようにウォーディンは元来、兄弟神のうちの三男にすぎない。ゲルマン人が移動期に入って長い間戦闘と移住の日々を過ごすうちに死者の数もおびただしくなり、死を司る神がしだいにほかの神を押し退けて主神の座を占めるようになったのかもしれない。

長男の天の神と次男の地の神は母親の「母なる大地」と交わり、それぞれ息子を1人ずつもうけている（図9を参照）。

この息子たちはいくつかの神話では2人の若い兄弟神であるとみなされている。次男の地の神は母親と交わり娘も1人もうけるが、この娘は三男の大気の神の妻となる。若い兄弟神はさまざまな機能が付与され、信仰されてきた。まずは病気や怪我を治癒する神として、とくに戦争や海難時の災難救助の神。そして生殖を援助促進する神でもあった。さらに2頭の馬、明けの明星・宵の明星、白鳥として表象される。北ドイツなど低地地方の農家の屋根に飾りとしていまでも残る2頭の馬の頭はこの兄弟神を表している（図10を参照）。

図10　若い兄弟神の屋根飾り

また、この2頭の馬は太陽の馬車を引く馬でもある（図3を参照）。5世紀半ばに北ドイツ低地地方からブリテン島へ移住したゲルマン人（アングロ・サクソン人）の首領はヘンギスト Hengist とホルサ Horsa というどちらも「馬」を意味する名前であった。

若い兄弟神は各神話や各言語ではいろいろな名称で呼ばれている。北欧神話ではバルドル

Baldrとフレイア Freyrとして、古英語ではバルディ BældægとガールムンドGarmundまたはエルディErdægとウェルムンド Wærmundとして文献に現れ、ギリシャ神話ではカストルKastor、ポリデウケス Polydeukesとか「ゼウスの子供たち」を意味するディオスクロイ Dioskuroiと呼ばれる。ラテン語のポルックスPolluxは星座の双子座のことである。また、ギリシャ語でテュンダリダイTyndaridaiは「テュンダレオースの子」の意味であり、レウコ・ポロ Leuko-polloは「2頭の白い馬」を表す。最後にインド神話のアシュヴィナウ Aśvinauは「アシュヴィン（2頭の馬）双神」のことである。

◉――アングロ・サクソン人の改宗とことばの「改宗」

さて、これまで紹介されていない重要な神の呼称がある。godである。古英語のgodは語源的には「祈願される者」を意味し、hegil（ヘギル）などとともに原初存在神を表していた。現在、われわれがGod「（キリスト教の）神」として用いているのは、この名称がキリスト教改宗後のゲルマン世界に残ったからである。文法性に注目してみると、元来godは男性原理をもった「父なる天」と女性原理をもった「母なる大地」に分かれる前の原初存在神にふさわしい中性名詞だったが、キリスト教の「神」を表すようになってから男性名詞に変わった。つまり、godという単語は残ったが、その意味内容がゲルマン人の信仰の「神」ではなくキリスト教の「神」を意味するようになったというわけである。いわばgodという単語がキリスト教へ「改宗」したことになる。

しかしよく考えてみれば、これは不思議な話ではないだろうか。先祖代々ゲルマンの土着宗教を信じていた人々の土地へ、この場合にはイングランドへキリスト教が到来した。そして宣教師の布教活動が実を結び、当時のイングランドは大陸のゲルマン系諸国よりも先んじて分厚いキリスト教文化を誇る国になった。それなのにキリスト教の、否あらゆる宗教のもっともだいじな概念である「神」を表すことばが、たとえばラテン語のDeusではなく、キリスト教以前の異教で用いられ続けてきたGodのまま残ったというのである。

異教の「神」を表していたgodが残存した背景には、じつは新しい宗教を布教させる側の巧みな戦略があったと考えられる。そもそも先祖代々受け継がれてきたゲルマンの土着宗教は氏族の安寧、さらには部族国家のヘールつまり弥栄《いやさか》を原初存在神が実現してくれるよう乞い願うものであった。したがって人々の救済願望はただひたすらに現世における安寧と弥栄の実現にとどまっていた。いわばこの世指向だったのである。このようなゲルマン人の世界観についてジュリアス・シーザーは『ガリア戦記』第6巻21章で、「ゲルマン人は明らかに目に見えるもの、援助を供してくれるものを神々と見なし、それらに捧げものをすることを重んじた」と述べている。そのような信仰をもつ人々に対して「この世」対「あの世」とか「一時的なはかなさ」対「永遠」というようなキリスト教的二元対立を提示したところですぐには受け入れてもらえないと判断した教会側は、あくまでこの世的な視点から教えを説くように努めたのである。

ベーダ尊師の『英国民教会史』第2巻13章には有名な「スズメのたとえ話」というものがある。ノーサンブリアの王エドウィン（c. 586-632/633）が宣教師パウリヌスの説法を聞いた末、宮廷の家臣に、「いま聞いた話をいかに思うか」と問うた。すると先祖代々の宗教を守ってきた神官のリーダーであるコイフィが、「これまで奉じてきた宗教にはなにもよいところはござりませぬ」と発言し、それを受けて別の家臣が続ける。

雪が吹きつける寒い夜、暖炉が燃える広間に窓から一羽のスズメが入りきて、広間を一回りした後、ふたたび凍り付くような闇の中へ消えていくといたしましょう。広間の中を飛んでいるあいだは何事もありませぬが、ひとたび屋外へ出で立つとどうなるやらわかりませぬ。この世とは暖炉で暖められた広間のようなもの。しかれども爾後のことについてはなにもわかりませせぬ。われらが神は、人がいずこから来て、いずこへ行くのかについて何ひとつ教えてはくれませせなんだ。しかれどもパウリヌスの説法はわれらが行く末を教えてくれたではありませぬか。

人間の行く末について教えてくれる、そして何らかの確信を抱くというのはあくまで現世の話である。キリスト教は現世指向の傾向にあるアングロ・サクソン人に対して、この世での幸福や恵みというようにできるだけ現世の視点から話を聞かせたのである。あくまでこの世での見返りを期待するくだんの王エドウィンは戦いに勝つことができたらそれまでの信仰を捨てると約束し、実際にウェセックスとの戦いに勝った後の627年にキリスト教の洗礼を受けたのだが、この事実は宣教団の「この世的戦略」に対するゲルマン人によるもっとも端的な反応の表れ方と言える。

アングロ・サクソン人に対する宣教団の「この世的戦略」はことば遣いにも反映された。宣教師たちは布教に際してできるだけラテン語の教会用語をアングロ・サクソン人たちのことばに訳しながらキリスト教を語るよう努めた。というのも、彼らの「この世的戦略」とはアングロ・サクソン人に対して正面から新しい宗教としてのキリスト教を提示するよりも、できるだけ彼らの従来の宗教とキリスト教の類似点を説明し、また従来の慣習を真っ向から否定することなく、まずはキリスト教を受け入れさせ、それへ徐々に移行させることだったからである。

とにかく宣教師たちにとってはゲルマン異教の神話に現れる理論的な事柄よりも実際の呪術的な祭儀との戦いの方が困難に思われた。そこで教会側は異教の祭儀を禁止したり刑罰を科したりするよりも、アングロ・サクソン人がこれまで実践してきた祭儀の習慣を教会の教えの中に取り込みながら布教活動を遂行したのである。そうすることによってのみ、異教の祭儀を消滅させられないまでも、それが残存しつつも意味を失い、どうにかキリスト教の衣をまとわせることを可能にしたのである。つまり、異教を取り込むことにより、しだいにそれを換骨奪胎させる方法を選んだわけである。この換骨奪胎という方法は教会の一貫した戦略だった。

アングロ・サクソン人がまだ大陸にいた先祖の時代以来使われていた「神」を表すgodがキリスト教宣教師たちによって捨て去られることなく、改宗後も残存した理由はここにある。宣教師たちはアングロ・サクソン人が信じていた異教の原初存在神godを引き合いに出しながら、新しいキリスト教の神Godについて説明した。おそらくキリストがこのGodの息子というようなことには極力触れずに、原初存在神との類似点をハイライトさせながら、すべてはGodから始まったというような語り方をしたにちがいない。このような異教のgodとキリスト教のGodの共通点を前面に出すことによって、アングロ・サクソン人の対キリスト教への拒否感を薄めていったと思われる。

ラテン語のDeus「神」が英語に採り入れられずにGodが残存したのと同様にラテン語のsalvator「救世主」、sanctus「聖人」、fides「信仰」、spiritus「魂、霊」、gratia「感謝」、crux「十字架」、paradisus「楽園」、peccatum「罪」、signare「清める」は、それぞれもとからのゲルマン語であるhælend「完全な状態に戻すもの>救世主」、halig「完全な(人)>聖人」、geleafa「葉叢が芽吹くことへの確信>信仰」、gast「魂、霊」、giefe「贈り物」、treow「木」、beam「木」、neorxnawang「光輝く野原>楽園」、synn「罪」、bletsian「血液を撒く>清める」によって言い表されたのである。

とにもかくにもアングロ・サクソン人を改宗させることを目的とした教会側のこのような一見して妥協的な態度がローマ教会によるイングランドのキリスト教化という大事業の特徴なのである。そしてこのことは文化史のみならず言語史の中にも、英語ではキリスト教の「神」をはじめとするその核心をなすさまざまな概念を異教時代に根差した本来語で言い表すという事実として痕跡を残している。イングランドのキリスト教化はアングロ・サクソン人の心の改宗のみならず彼らのことばの「改宗」により実現したと言える。

ちなみに日本語の「神」はどうであろうか。日本人はどの宗教に関しても「神」という単語を聞いたとき、どこか漠然とではあるが八百万の神々をイメージしてしまう。その点、本居宣長は『古事記伝』において日本人の神概念を明確に定義づけている。

凡そ迦微《かみ》とは、古《いにしへの》御典《みふみ》等《ども》に見えたる天地の諸《もろもろ》の神たちを始めて、其《そ》を祀《まつ》れる社に坐《ま》す御霊《みたま》をも申し、又人はさらに云《いわ》ず、鳥獣《とりけもの》木草のたぐひ海山など、其余《そのほか》何にまれ、尋常《よのつね》ならずすぐれたる徳《こと》のありて、可畏《かしこ》き物を迦微《かみ》とは云なり、(すぐれたるとは、尊《たつと》きことを善《よ》きこと、功《いさお》しきことなどの、優《すぐ》れたるのみを云に非ず、悪《あし》きもの奇《あや》しきものなども、よにすぐれて可畏《かしこ》きをば、迦微《かみ》と云なり……)

この定義によれば、日本人は善悪の基準によることなくなんでも普通以上に優れたもの、抜きん出たものを神と考える傾向にあるという。現代の若者が何にでも「神」と形容するのは、じつはものすごく日本的発想なのかもしれない。

一方でキリスト教の神は唯一神であるから、本来的にはキリスト教のGodを日本語で「神」と表現するのはあまり正しいとは言えないのではなかろうか。これについてはキリスト教が戦国時代に日本に到来したときから懸念されていて、たとえばポルトガル人宣教師はGodを「大日」と訳した。そのほかラテン語をそのまま用いた「デウス」やカトリックならば「天主」、プロテスタントならば「真神」という訳語も考えられた。

おそらく日本語の「カミ」は「上」を指すことばであり、世界や社会、組織、家族などあらゆる集団の頂点に位置する存在を「カミ」と呼んだにちがいない。国の頂点としての天皇は宮中では「おカミ」、中央省庁の事務次官はその組織内では「おカミ」、家庭では奥さんは「おカミさん」である。

第2章——インタープレタティオ・ヤポニカI：天皇とゲルマンの王

◉——ゲルマンの地、ゲルマンの民

頭の中にヨーロッパの地図を広げてほしい。大きめの地図がいい。だいたい北西にはスコットランドのエディンバラあたり、南東にはキプロスまで入っていれば十分だ。縮尺でいえば1000万分の1ぐらいだろうか。するとヨーロッパの大きな河川はそのほとんどが北海かバルト海に注いでいるのがわかる。標高の高いアルプス側から低地地方へ流れるわけである。西から見れば、パリのあたりで蛇行しているセーヌ川、スイスとドイツの国境にあるボーデン湖から流れ出すライン川、北ドイツのブレーメンの先で河口に出るヴェーザー川、チェコのボヘミア地方から北西へ流れてハンブルクからバルト海に注ぐエルベ川、一部でドイツとポーランドの国境を作っているオーデル川、ポーランドを縦断するヴィスワ川。東欧の川は南側の黒海へ向けて流れる。ドニエストル川とドニエプル川である。以上の河川はすべて南北ないし北西・南東の流路をたどる。ところが大きな川で1本だけ東西に流れる川がある。ドナウ川だ。ドナウ川はドイツ南西のシュヴァルツヴァルトを発して一路東進し、ウィーンやブダペストなど中欧の都を潤してルーマニアとモルドヴァの国境地帯ドナウデルタで黒海に注ぐ。

さてこのうち縦系のライン川と横系のドナウ川がゲルマン世界とローマ世界の一応の境界線ということになる。すなわちライン川の東側、ドナウ川の北側がゲルマン人のテリトリーであった。ローマ人から見れば、いまだ文明が届かぬ蛮族の地ということになろうか。不思議なことにローマ人は地中海を越えてアフリカ沿岸部を自分たちの属州《プロヴィンキア》としたのに、一時期のブリテン島支配（AD40-410）を除き、北側に目を向けてドナウ川の向こう河にまで自分たちの文明をもたらそうとはしなかった。ドナウ川が地中海よりも深いわけがないのにどうしたことなのか。おそらくアルプスの北側は南側と比べてはるかに陽光が少なく自然環境が悪いのと、それに加えてそこに棲むゲルマン人の抵抗が激しかったのと両方の理由によるものと思われる。

かつて春まだ浅き3月後半にロンドンからフィレンツェへ飛んだことがあるが、機窓から見たアルプスの風景は忘れられない。春の陽光はすでにイタリア側には届いているのに、屏風のように立ちはだかるアルプスの山々がその陽光を遮り、巨大な日陰となって北側のスイスをいまだ真冬の世界に閉じ込めていた。

ライン川下流に開けたルール工業地帯のデュイスブルクからローカル線に乗り換えてライン川のほうへ小一時間ほど進んだところにあるクサンテン（Xanten）はドイツで唯一Xから始まる地名をもつ。古代ローマ考古学公園はここにある。オランダとの国境に近いこの町はいまでこそ鄙びているが、かつてローマ時代には少し下流のクレーフェやカルカーとともに交通の要衝として栄えていたのだ。園内を歩くとまるでフォロ・ロマーノと見紛うばかりの遺跡が復元されている。そう、かつてコロニア・ウルピア・トラヤーナと呼ばれたこの地は、ローマ帝国がゲルマン人と対峙する最前線《フロント》だったのである。

＊　＊　＊

ライン川とドナウ川という長い国境線の向こう側に蠢くゲルマン人は、ローマ人にとってさぞ不気味な存在であったろう。なにしろゲルマン人は、ローマ人よりも平均身長が20㎝も高く臥体が大きいわりに小さな頭部をもち、そこには美しく輝く金髪をたなびかせている。もちろん話すことばは違うし、崇拝している神々も違うようであった。そして何よりも、ゲルマン人ときたら武装した身なりで月の輝く夜に集まってはなにやら会議を開き、議題に賛意を示すときには長い槍《フラメア》を打ち鳴らす。ローマ人の目にはなんとも野蛮としか映らない民であった。

彼らはなるほど不気味な蛮族ではあるが、さりとてローマ人にとって未知の民というわけでもなかった。ゲルマン人はもともとスカンディナヴィア半島南部を原郷としていたらしいが天候不順による食糧難によって故郷での生活を断念せざるをえなくなり、バルト海を渡ってエルベ川やヴィスワ川沿いに中欧から東欧へと南下してきた人たちであった。彼らは主としてゴート族であった。またゴート族に先立って、紀元前110年ごろ、高潮に襲われ故郷から避難してきたキンブリ族とテウトニ族もあった。しかしスカンディナヴィアに留まろうが大陸に移ろうが、農産物の収穫は線形的にしか増加しないのに対し、人口は幾何級数的に増えていく。つまり食糧生産は人口に追いつかないのである。そうでなくても北アフリカに穀倉地帯をもっているローマ帝国とは違い、ゲルマン人が住みついた中欧や東欧は当時にはまだ豊かな土地とはいえなかった。そのようなわけで彼らはたえず新たな土地を求めてローマとの国境を越えて侵入してきたのである。ローマ人から見ればこのゲルマン人の移動はいわば武装難民による波状攻撃以外のなにものでもない。そこでローマ人は帝国が蝕まれる前に外征し、ゲルマンの地で予防的に彼らを叩きのめすようにしてきたのである。したがってローマ人はしばしばゲルマン人のテリトリー内に入りこんで軍事行動をとっていた。

また一方でゲルマン人には部族間の結束というものがほとんど存在しなかったようである。氏族の年長者を中心にして一族郎党の小規模な集団に分かれていた。なにも「ゲルマン軍」という軍事組織があったわけではない。そこでローマ人はあくまで帝国の防御を強化するために一部のゲルマン人部族を雇い入れて帝国防衛の一翼を担わせた。そのかわりに彼らが帝国内に住むことを許可したのである。その結果、ローマ帝国内で才覚を発揮するゲルマン人も出現した。なかには将校にまで昇りつめる人材もいたほどである。

このようにローマ人とゲルマン人はのっぴきならぬ関係にあったのだが、ローマ人にとって相手はなにしろ戦いを生業とするような血の気の多い輩である。まずは連中の性向と動向を探ることが帝国防衛の第一歩である。そんな目的のために著されたのがタキトゥスの『ゲルマーニア』であった。同書はシーザーの『ガリア戦記』と並んでゲルマン人についての数少ない詳細な記録である。『ゲルマーニア』の執筆にあたってタキトゥスが依拠したのはシーザーの『ガリア戦記』のほかにリヴィウス（c. BC59-17）や大プリニウス（23-79）であった。『博物誌』を著したプリニウスは現職の役人としてゲルマン人を直接に知る立場にあった。ほかにも情報提供者《ヒューミント》としてタキトゥスが重宝したのが旅行者や商人兵士たちであった。先述のように、『ゲルマーニア』はまずもってローマ帝国の国境を荒らす蛮族ゲルマン人についての地誌であり民族誌である。ただし、情報源が間接的でおまけに古いことと相まって、文化レベルの高い側が低い側を観察するとき、勝手に前者の色眼鏡を当てはめて後者の対象物を記述しようとするきらいがあった。

なにしろローマ人、そしてギリシャ人にはヘロドトス（BC490/480-BC430/420）へとさかのぼる地誌と民族誌の長い伝統があった。それがためにこれら古典文化の持ち主はついついお決まりの書き方に則って記述してしまうのである。たとえば『ゲルマーニア』第9章で、エルベ川東部に住むスエビ族の祭りでは船が重要な役割を果たしていたが、タキトゥスはこれについて、スエビ族がエジプトの女神イシスを崇拝していると報告した。さらに、同書第43章で、ゲルマン人が救難の神として崇拝していた若い兄弟神をローマ人は自分流の解釈によりカストールとポルックスとして理解しようとした。このような理解の仕方をタキトゥスは自らインタープレタティオ・ロマーナ（ローマ風解釈）と呼んだ。すでに見たように、一方にゲルマンの若い兄弟神、そしてもう一方でローマのカストールとポルックスは神統系譜の上では一致するものである。しかし発生学的には同じものであるにしても、その後はそれぞれの文化の中で発達と成長を経験してきているものであるから、両者を完全に同一視することはできない。

さらにいえば、ローマ人が書き残したゲルマン人はとうの昔にその純度を失っていたのだ。というのも、ゲルマン人は交易を通してローマ世界の住民と接触し、その影響を多分に受けていたと考えられている。ゲルマン人とローマ人のあいだには自然発生的な経済が成り立っていたのである。なにしろゲルマン人に比べて圧倒的に裕福なローマ人であったから、ローマ人は相手のもつ珍しい品物をお金を払って入手したいと思っていたし、ゲルマン人はローマ人をよい客だと思っていたにちがいない。その代表的な品物が琥珀である。琥珀は乙女の涙であるとか、西へ沈む太陽光線が凝固したものであるというロマンティックな言い伝えがあるが、本当は琥珀は松の木の樹脂が海底で化石化したもので、とくにユトランド半島西岸に打ち上げられる琥珀が上質とされていた。もともと琥珀は青銅器時代にフェニキア人が海路で地中海方面へ運んでいたが、のちに陸路によってまずはギリシャの植民地マッサリア（いまのマルセイユ）へと運ばれた。ユトランド半島から北海沿岸を西へ進み、ライン川からガリア（いまのフランス）とブレターニュ地方へ至り、そこからローヌ渓谷まで南東に移動するか、またはライン川をひたすらさかのぼってローヌ渓谷へ出たのである。

紀元70年ごろにプリニウスが著した『博物誌』では琥珀の用途について、「ガリアの農夫は琥珀の珠を首飾りとして付けているのだ。主に飾りとしてであるが、またそれが医学的性質をもっているからでもある。実際に琥珀は、扁桃腺炎とかほかの咽頭の疾患を鎮めると信じられているから」と記されているのみならず、琥珀はゲルマン人の間でも病気や悪魔から身を守ってくれると信じられていたようである。それは物を吸い寄せる琥珀特有の性質のためであった。静電気を帯びる琥珀をギリシャ人はエーレクトロン（ἤλεκτρον）と呼んだ。エレクトロン（electron）の語源となるこの名称は元来「お守り」という意味であると考えられる。

ゲルマン人はこの琥珀をいわば輸出するかわりに地中海のとくにキプロスでよく作られた青銅器を輸入していた。ローマ人は豊かな生活を演出するかつらの材料となる金髪もゲルマン人から買っていたが、反対にゲルマン人はローマ文化の産物を受容するほどには文化レベルが高くなかったから、必然的にゲルマン側の対外収支は大幅に赤字だったはずである。それでもこのような経済を通してゲルマン人はさまざまな影響をこのローマ帝国という文化的先進地域から被っていたのである。

これらのことから、のちの歴史家によってその正確性が批判されることが多いものの、『ゲルマーニア』はほかの言語資料とあわせて利用するとゲルマン人の文化をすこぶる正確に記録していることがわかる。なぜならば、ゲルマン人が外からさまざまな影響を受けたとしても、彼らが用いていたことばの中には遠い過去からの世界観がさながら二重らせん構造のＤＮＡのごとく折りたたまれて保存されているからである。

じつは自ら文献資料を残さなかったゲルマン人やそのブリテン島での末裔の精神世界を知ろうとするとき、もうひとつ有力な手段がある。それもわれわれのすぐにそばに存在するのである。古代日本人についての民俗学である。とはいえ、なにも古代日本人とゲルマン人がどこかでつながっていたなどと言いたいわけではない。そうではなくて、仏教やキリスト教という大きな啓示宗教が到来する前の文化は多かれ少なかれ、よく似た様相を呈していたのではないかと思われるからである。ゲルマン文化と日本文化だけではなくて、インドにせよどこにせよ互いによく似た姿があったのかもしれない。ただ、残っていないだけなのだ。しかし日本には残っていた。あるいは古代的なものを認識しようとした研究者がいた。それは祖先に連なる神々を崇拝し、巡りくる季節の中で自然との相互関係を大切にしながら生きている人々の姿である。

●――国学からゲルマン古代学へ

ハイデルベルク大学のヨハネス・ホープスが編纂した『ゲルマン古代学辞典』（*Reallexikon der germanischen Altertumskunde*）の初版4巻本が出版されたのは１９１１年から１９１９年にかけてであったが、奇しくもほぼ同じ時期に日本では柳田國男が『石神問答』（１９１０年）や『遠野物語』（１９１０年）を世に出したのをはじめ、１９１３年には雑誌『郷土研究』をも創刊している。しかし日本の民俗学の黎明期とも言えるこの時期の柳田の学問はどちらかといえばフォルクローレであったのに対し、柳田の謦咳に触れた折口信夫が１９２９年から翌年にかけて大岡山書店から3巻本として発表した『古代研究』こそ古代学《アルタートゥムスクンデ》にほかならない。じつは折口が言う「古代」は歴史学が時間軸上で分節している古代という時代ではなく、たとえば文学が発生した瞬間を「古代」と呼ぶ点において歴史学者たちから批判を受けることも多いのだが、それはともかく『古代研究』は１９１４年から１９３０年までの間に書かれた論文70編あまりをまとめたものである。

さらに、折口はのちの１９４７年に國學院大學新聞第１５５号誌上に「新国学としての民俗学」

という一文を寄せて、新しい国学としての「古代研究」のあるべき姿を述べている。

このタイトルが示唆しているように、どうやら折口はそれまでの国学のあり方に対して疑問を抱いていたようだ。じつは近世の国学は儒教の影響を背景にした倫理観なり道徳なりによって古代文献を解釈する偏った傾向があったのだが、折口の目にはそれが「合理化・近世化せられた古代信仰」(「追ひ書き」『全集』第3巻、p. 496)と映ったのである。折口はその偏向から国学を開放するために倫理的な方向から宗教的な方向へと舵を切り直し、古代生活を規定する統一原理としての古代精神を探求することにより、古代信仰のもとの姿を取り戻すことができると考えた。ここでいう古代生活を規定する統一原理とは、神と人間のあいだの、いわばインタラクティブな精神作用である。折口が興そうとしていた新国学はいわば折口流のポスト・モダニズムといえよう。

さて、ここで翻って現代のイギリスの「国学」に目を向けてみよう。ここでいうイギリスの「国学」とは一般にアングロ・サクソン・スタディーズと呼ばれている分野を示す。すると現在の古英語文学研究は、さながら折口の目に映った明治以降の開化思想の中で行われてきた国学の状況とどこか似ているような気がするのである。つまり古英語文学研究も「合理化・近世化せられた」視点からなされているということである。もちろんこの視点を規定しているのは儒教ではなくキリスト教にほかならない。インタープレタティオ・クリスティアーナ(キリスト教的な解釈)である。たとえばゲルマン諸語における最古の英雄詩『ベーオウルフ』の研究史を紐解いてみても、フリートリヒ・クレーバーが1911年から1912年にかけて学術誌『アングリア』第35巻と翌年の第36巻で発表した「ベーオウルフにおけるキリスト教的要素」という論文以降、ほとんどの研究は同詩を完全なキリスト教詩であると理解する傾向にある。なるほど古英語時代のすべての写本は修道院で写字生《スクライブ》によって書き写されたものだから、キリスト教というフィルターを通過してきたことはまちがいない。しかし古英語文学の中には大陸からブリテン島へやってきてアングロ・サクソン人と呼ばれるようになった人々がキリスト教を受容する以前または受容直後で、この新宗教がまだ十分に浸透していない社会や文化を背景にして書かれた作品があることもまたしかである。ただここで問題となるのはキリスト教以前に筆写され、ゲルマン社会をそのままの形で描き残した文献は存在しないということであろう。なぜならば写本にものを書き残す習慣はキリスト教の宣教師がブリテン島にもたらしたからである。

そこでキリスト教を受容する以前のゲルマン人の精神を探求するために折口の古代研究のアナロジーを用いてみれば、これまで見えなかったものが見えてくるかもしれない。まずは折口の古代研究の核となる概念を一瞥し、そこからアナロジーを働かせてゲルマンの文化を見つめ直してみよう。そして、そこで得られたゲルマン文化の姿を背景にして、第3章と第4章では古英詩を読み直してみるのだ。つまり、インタープレタティオ・ヤポニカ（日本風の解釈）の試みである。

◉――折口信夫の古代研究：「みこともち」と「まれびと」

折口の古代研究の核となる概念は「みこともち」と「まれびと」であろう。以下、『古代研究』にしたがってその思想の概略をたどることにする。

「みこともち」、すなわち御言持ちとは、簡単に言えば、天皇は天つ神の御ことばをこの土地に預かってもってこられたお方であるということである。あくまでそのことばは神言であって、天皇ご自身のおことばではない。そして神言を預かってこられたという意味で、天皇は預言者と言ってよいかもしれない。そういう役目を担って神と民の仲立ちをされるわけだから、天皇はあくまでも仲介者であるとも言える。

ついでながら興味深いことに、御言を宣べ伝える人はみな「みこともち」であった。通信手段が発達していない古代においては、天皇おひとりが国の隅々にまで御言を伝達することは不可能であったから、その代理が諸国へ派遣された。その際、代理の代理、さらにそのまた代理が御言を地方の末端にまで届けた。これらの代理がみな等しく「みこともち」なのである。のちの時代でいうところの勅使である。つまり、天皇はこれら「みこともち」の中の最高位なのであった。だから聖王でもあった。

このように都から離れた地方にいたるまでその土地の「みこともち」が機能したということは、どのレベルの「みこともち」も同一の資格を認められ、またその口から発せられる御言は天皇の御言と同じ力を有していると考えられていたことを意味している。古代日本人は、自分たちのことばは神言を表現できるものであるという自国語に対する揺るぎない信頼を寄せていたからこそ、全国津々浦々への「みこともち」の派遣が可能になったのであろうし、だからこそ天皇から一般庶民にいたるまで和歌を詠じて、それをひとつのアンソロジーに収録するという伝統もまた成立したものと考えられる。渡部昇一先生が『日本語のこころ』（講談社、1974年）で述べているように、国語への信頼があってはじめて「和歌の下の平等」が成立したのである。

もちろん宮中の天皇は高御座《たかみくら》にて神言を伝達されるわけであるが、その高御座こそが宣処《のりと》にほかならない。初春に天皇は、その年が良き年になるように予め祝福の御ことばを宣べられる。予祝されるのである。そのとき天皇が登られる高御座が宣処なのであり、また天皇が宣べられることほぎの御ことばそのものは「のりとごと」である。興味深いことに、天皇が宣処に登って「のりとごと」を宣べられると、いつでも初春になり、その場所が高天原になると考えられていた。天皇が祝詞を発せられるところが高天原に見立てられる。このことが意味するところは重大である。なぜならば、神言を宣べ伝えているあいだは、天皇と同じ資格を有しているとみなされた地方末端の「みこともち」が神言を発するところが高天原となるからである。ここでは「見立て」が作動している。古代日本人による「見立て」の感性を通して、ことばはまさに時空を超越したと言える。

次に折口の古代研究のもうひとつの重要な概念である「まれびと」に目を向けてみよう。ここまで見てきた「みこともち」は神言の伝達者としての天皇であったが、天皇が神に成り代わって祝詞を発されると高御座が高天原になってしまう。そしてその高天原とは伊邪那美命《イザナミノミコト》と伊邪那岐命《イザナギノミコト》が最初に日本の島を創造された場所である。ということは、これらの神々は日本という国土のいわば地主であり、日本人の祖先にほかならない。

日本人は古来、海の波打ち際の洞窟に、あるいは山の彼方に常世人となった祖先の霊魂が寄り集い、年の節々にこの世へ舞い戻り、末裔が幸せのうちに暮らしていけるように祝福を与えてくれるものと考えていた。とくに季節が冬から春へと移り変わる期間に常世人はかつてその村に生活した人々の魂を引き連れて還ってくる。この回帰は稀であるから「まれびと」と呼ぶ。折口はそう考えた。そして村人は饗宴を開いて「まれびと」をもてなした末に、「まれびと」に気持ちよく常世へと還っていただくように取り計らったのである。お客様は神様である、とは歌手の三波春夫のことばであったが、おそらく日本人ははるか昔から客人は客神であると考え、おもてなしの心をだいじにしてきたのであろう。折口は先島諸島での調査により日本人にとってのもともとの常世は山のかなたではなく海の向こうの水平線のはるかかなた、つまり現地でいうところのニライカナイであると考えていたようだが、いずれにせよ常世からわれわれのもとへことほぎのために訪れる先祖霊を「まれびと」と名付けた。

このような「まれびと」という客神の概念により、たとえば奥羽地方のなまはげなどの風習の意味を説明することができる。ここで注目すべきことは、祖霊は海の向こうからなまはげにみられるような蓑でできた衣を身に着けてこの世に戻ってくるということだ。そして人々はその祖霊を十分にもてなしたうえでふたたびあの世へ帰すべきものと考えている点であろう。

◉――ゲルマンの王と宮廷

ロンドンから見て北東の方向に北海へ向けて瘤のような形をした半島がある。このあたり一帯から内陸のケンブリッジにかけてはかつてのアングロ・サクソン七王国《ヘプターキー》のひとつイースト・アングリア王国の地である。テムズ川の大きな河口の北部にはいくつもの入り江や河口があって、それを伝って内陸へ入っていけることから古来、外敵の侵入口になっていただろうし、また先住民から見れば海に還った先祖の魂にもっとも近いところと意識されていたにちがいない。

サットン・フー（Sutton Hoo）はその北海に注ぐデベン川から内陸に10キロ余りさかのぼったところ、左岸の絶壁上に広がる古墳群である。夫に先立たれたエディス・プリティーは父の遺産でこのあたり一帯の土地を購入し、トランマー・ハウスで余生を送ることにしていた。亡き父が故郷のチェシャーにあるヴェイル・ロイアル大修道院の発掘に関係していたこともあり、もともと考古学の発掘に関心をもっていたエディスは知人の考古学者に相談してトランマー・ハウスの周辺に広がる古墳群を発掘してもらうことにした。そして1939年、1000年以上の時を経て現代人の目の前に現れたのはおそらくこのあたり一帯を治めていた貴人の船葬墓《シップ・ベリアル》だった。イースト・アングリアの王レードワルド（Rædwald, d. c. 624）の墓であると考える学者もいるが、シュナイダーはこれをレードワルドの4代あとの王エセルヘレ（Æthelhere, d. 655）の墓だと考えている。これがイギリスにおけるもっとも重要な考古学的発見のひとつといわれているサットン・フーの船葬墓である。

船葬墓は船の中央部に小屋を建て、その中に亡骸や宝物を安置するものである。『ベーオウルフ』の冒頭にはデネの国の王スキュルドの亡骸が船葬により海に還される様子が描かれているが、サットン・フーの場合には海に近い丘の上に船ごと埋葬されたものである。ここにはいくつも墳墓が集まっているから、おそらくこの海に近い丘の上はこの世と異界の境をなすホット・スポットだったはずである。ここで発掘された装飾品や武具甲冑をエディスは大英博物館へ寄贈したため、いまではサットン・フーのヘルメットはロゼッタ・ストーンと並んで大英博物館の目玉展示品となっている。

＊＊＊

さて、すでに見たように印欧語族の神々の系譜によれば、印欧語族の神話伝承に共通する宇宙の始まりとして、まず始原には原初両極があり、そこからまだ生命をもたぬ原初物質が生じる。生命が生じるのはこの次の段階からで、原初物質から原初生命が現れるとされる。これは生命をもった宇宙の創造者であるから原初存在神でもある。そしてこの原初存在神は2通りの表象方法で記憶されることになる。すなわち、両性具有の世界巨人つまり原初大工と世界卵である。

このうち原初大工としての原初存在神の表象はゲルマンの王の職務を規定していると言えよう。とはいえ、ゲルマンの王が原初大工なのではない。原初存在神が原初大工の形態をとって創造する空間が世界家屋であるが、それをさながらこの世でのミニチュア版のように模したものが、実際の王が居住する宮廷となる。ここでも神話的なアナロジーが働いている。宮殿をもたない王など存在しなかったであろう。武士団同士の争いでは相手の宮殿を破壊した。その宮殿は『ベーオウルフ』で言えば、フロースガール王の館である。その中心には高い天井をもつ蜜酒の間《ミード・ホール》があって、そこが従者たち一同が相集うなか聖王たる主《あるじ》の職務がなされた所であろう。

フロースガール王の館は「ヘオロット」と呼ばれていた。ヘオロットとは牡鹿のことで、牡鹿はむかしから各地で王、すなわち原初存在神を表すシンボルとしてよく用いられる動物だった。剣の持ち手に牡鹿があしらわれていることもある。10世紀初めのデンマークの貨幣やクヌート（995－1035）時代のイギリスの貨幣には牡鹿の文様が刻印されている。それはおそらく牡鹿は長生きで再生能力が強いと考えられていたからかもしれない。とくに牡鹿の角が生え替わる様子が目に見える形で再生能力の強さを実感させたのであろう。

ゲルマン北欧の神話では、スノッリのエッダ『グリームニルのことば』や散文エッダ『ギュルフィたぶらかし』において牡鹿は世界樹の皮を食べると記されている。じつはイチイの種や葉には毒が含まれているが、牡鹿はその毒に耐性をもっていて、それがために牡鹿は生命力の強い動物として考えられていたのかもしれない。あるいはまた、牡鹿の立派な角は宇宙の表象と結びつけられることもある。枝分かれした角が、正統性の証である弥栄ヘールが放射状に広がる様を連想させるからであろう。祭祀王自身も両手を広げるしぐさをするが、ヘールを放射状に発散させる、より具体的に言えば、世界樹を伝って「父なる天」の精力を含んだ恵みが「母なる大地」へと届くさまを表現する。このことも牡鹿が世界を統べる王の象徴にふさわしいと思われる理由のひとつである。新年を王は牡鹿の狩りによって祝うのが習わしであった。原初存在神をいったん殺すことにより、新たに命や恵みを生まれ変わらせることを類推的に表現していると考えられる。収穫への期待、日本風に言えば五穀豊穣への祈願である。

その「牡鹿」という名がつけられた館が『ベーオウルフ』に描かれるフロースガール王の館「ヘオロット」である。この宮殿は大きさと豪華さにより周囲の国々にまでその名を轟かせていた。勾配のある屋根をもち、壁には金の装飾が施され、床は寄せ木細工で作られていたはずだ。おそらく蜜酒の間《ミード・ホール》の壁には太陽光線のごとく力強く放射状に広がる立派な牡鹿の角が飾られていたことであろう。その広間には床よりも一段高い舞台があり、そこには玉座が据えられ、その前には宴で用いられる長いテーブルが置かれていた。

デンマーク、シェラン島中部のロスキレ郊外に位置するレイレにはゲルマンの館が復元されているが、おそらくフロースガール

図11　ゲルマンの館

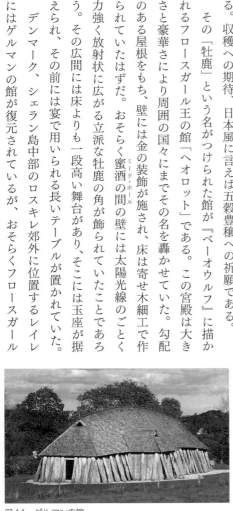

王のヘオロットはこのようなものだったと思われる（図11を参照）。
デンマークやイングランドで発掘される館の遺構では数多くのガラス製酒器が見つかっている。それは華やかな宴で用いられたものであろうが、たとえば『ベーオウルフ』に描かれる宴の場面において次のように描かれる。

フロースガール王の妃
ウェアルセーオウの方は作法を心に留めて
進み出《い》で、広間に居並ぶ人々に黄金《こがね》もて身を装いつつ
挨拶をなし、やんごとなき女性《にょしょう》は先ず最初に
エーアスト・デネの君に酒盃を渡し、国民《くにたみ》に慕われる王に向かって、
麦酒の宴《うたげ》の席にては御機嫌よくあらせられるようにと請《こ》うた。
勝利の誉れ高き王は喜んで酒宴の雰囲気に
溶け込み、酒盃を受け取った。
さて、ヘルミング一門の出の女性《にょしょう》は、ここかしこと歩みを運んでは
老《おい》武者や若武者の一人ひとりに
価《あたい》貴き酒盃を手渡していたが、宝環をもって身を飾った
心馳《こころば》せすぐれた妃は、やがて蜜酒の盃を

ベーオウルフの許《もと》へ持ち来る段となった。

（『ベーオウルフ』612-624、忍足欣四郎訳）

実際の遺構で見つかる洗練された形状のガラス製酒器はこのように用いられたのであろう。また、遺構での金細工やガラス製酒器の散らばり方には偏りがあって、そこから玉座の位置が推定できるという。古英語でイフストール（gifstol / 近代英語 gift-stool）と呼ばれた玉座は王が臣下に宝玉を分け与える場であったからだ。その玉座のそばに宝箱が置かれていたはずである。この玉座から臣下に宝物を下賜する意味については後で考える。

◉——ゲルマンの預言詩人

タキトゥスが伝えるところによると、ゲルマン人は「彼らの［ゲルマン人の］古い歌《カルメン》——それが彼らがもっている唯一の記録または歴史のスタイルなのだが——は大地の子、トゥイストの神を讃える。」（『ゲルマーニア』第2章）。トゥイストとは先に見た両性具有の原初存在神のことである。

タキトゥスのほかに6世紀の東ゴート人ヨルダネスもゲルマンの詩人ついての貴重な情報を与えてくれる。この人の『ゴート人の起源と事績』（551年）はカッシオドルス（c.485-c.585）の『ゴート人の歴史』を要約したものであるが、そのなかでゴート人の系譜を述べている箇所がある。

ゴート人の系譜について手短に概観しよう。その始まりと終わりを語るので、ブツブツ言わずに耳を傾けてほしい。嘘偽りなく語るので。

ゴート人が伝説のなかで語るように彼らの英雄の最初のものはガプトであった。ガプトがフルムルを生み、フルムルがアウギスを生み、アウギスがアマルと呼ばれる男を生んだ。このアマルからアマル一族の名前が出る。アマルはヒザルニスを生み、ヒザルニスはさらに東ゴート人を生んだ。……

(『ゴート人の起源と事蹟』第13章78節-第14章79節)

アマル家というのは東方からやってきたフン族とともに5世紀から6世紀にかけて東ローマ帝国と西ローマ帝国を手玉にとったテオドリック大王(454-526)を輩出した東ゴート族の王家である。それはともかく、ここでゴート人が語るという「伝説」とは詩人がはるか昔から口承で伝えてきた英雄の、すなわち神々の事績であろう。

ヨルダネスによると、そのゴート人の始祖はガプトGaptであるというが、グリムやデ・フリースなどの研究者はこのGaptをGautの歪んだ語形であると考えている。そしてGautはヘイムダルHeimdallの別名なのである。すでに見たように北欧の古ノルド語では原初存在神をヘイムダルと呼んだことからして、ようするに詩人は、ゴート人の来歴をさかのぼれば原初存在神にまでいたるという神話を口承で伝えていることになる。さらにいえばGautは「(精液を)注ぐもの」という意味であろう。つまり、豊穣と繁殖を司る万物の創造主としての原初存在神を指している。現代のドイツ語で「注ぐ」を表す動詞をgiessenというが、これと同語源である。「ゴート」とは原初存在神の別名に由来している名称だったのだ。そういえば、古英語時代のアングロ・サクソン人は現在のスウェーデン南部の人々をGēat（イェーアト）と呼んでいると歴史家のネンニウスやアッサーが述べているし、ほかにも同じゲルマンのランゴバルド族ならGausus（ガウスス）と呼んでいたようである。スウェーデン南部というのはまさにゴート族の故郷であると考えられているところである。

このようにゲルマンの詩人は、部族の祖先をさかのぼるとある時点から先は神話の領域に入り込んでしまうような物語を語り継いでいることから、詩人と神官のきわめて近い役割を見て取ることができる。詩人は神官であったか、あるいは神官のすぐそばで神秘に触れながらことばを紡いでいたのかのいずれかと考えてよさそうである。

それでは、日本の天皇は歌をお詠みになるのに対し、ゲルマン世界では王は自ら詩を作ったのだろうか。9世紀から13世紀のあいだにアイスランドの宮廷で活躍したスカルドと呼ばれる詩人により朗唱されたスカルド詩の中にはそれを間接的に示唆する詩がある。スノッリ・ストゥルルソン（1178/79-1241）の『詩人のことば』がそれである。

アース神族とヴァン神族は和解の印として互いの唾液を壺に吐き入れるが、それに人の形を与えたものが賢者クヴァシルであった。そして後に殺されたクヴァシルの血液に蜂蜜を混ぜて作ったものが詩人になるために必要な聖なる飲み物の蜜酒《ミード》であった。この蜜酒をオーディンが盗み出してアース神や詩人に分け与えたため、詩は「オーディンの贈り物」と呼ばれる。

スノッリによって神話的に表現されたこの物語を、先に示したシュナイダーの神統系譜《テゴオニー》を参照しながら解釈すると以下のようになるであろう。まずゲルマン人は花びらに光る露を聖なる液体であると考えていたが、それは「父なる天」から滴り落ちてきたものだからである。そしてハチがその露を集め、それが蜂蜜になると考えていた。さらにその蜂蜜に神官が唾液を加えることより発酵が促され、やがて蜜酒《ミード》になるのだ。つまるところ、蜜酒には「父なる天」の精力が宿っているというわけである。蜜酒を飲むと詩才が授けられる。それは旧約聖書の「創世記」で神がアダムに聖なる息を吹き入れたことによりアダムには理性が吹き込まれ、ことばを操れるようになったという考えと相似形をなすものではないだろうか。ゲルマン流の理性の起源論なのである。

そしてスノッリによるオーディンと蜜酒の物語がなぜゲルマンの王の詩作を間接的に示唆するのかと言えば、王家の家系図をたどると、ある世代から先は必ずと言ってよいほど神々の系譜に連なることになっているからである。『アングロ・サクソン年代記』などにもイギリス人の先祖であるアングロ・サクソン王家は神々、それもウォーディンに連なっていることが記されている。ということはアングロ・サクソンの王もまた詩才を遺伝的に引き継いでいると解される。古英語の文献でアングロ・サクソンの王御製かもしれないと考えられるのが『ライミング・ポエム』だが、これについては後述する。

さて、折口は「国文学の発生」の瞬間について刮目すべき説を述べている。それはなにもわが国の文学のみならず、おそらくゲルマンの文学にもあてはまるものと思われるので引用したい。

一人称式に発想する叙事詩は、神の独り言である。神、人に憑《カヽ》って、自身の来歴を述べ、種族の歴史・土地の由緒などを陳《の》べる。みな巫覡《ふげき》の恍惚時の空想には過ぎない、しかし、種族の意向の上に立っての空想である。しかも種族の記憶の下積みが、突然復活することもあったことは、もちろんである。

それらの「本縁」を語る文章は、もちろん巫覡の、口を衝《つ》いて出る口語文である。そうしてその口は十分な律文要素が加《くわわ》っていた。ぜんたい、狂乱時・変態時の心理の表現は、左右対称を保ちながら進む、生活の根本拍子が急迫するからの、律動なのである。神憑りの際の動作を、正気でいてもくり返すところから、舞踏は生まれてくる。この際、神の物語る話は、日常の語《ことば》とは、様子の変わったものである。神自身から見た一元描写であるから、不自然でも不完全でもあるが、とにかくに発想には一人称に依ることになる。

昂《たか》ぶった内律の現れとして、畳語・対句・文意転換などが盛んに行われる。こうして形をとってくる口語文は、一時的のものではある。しかし、律文であり、叙事詩であることは、疑うことができない。この神の自叙伝は臨時のものとして、過ぎ去る種類のものであろう。が、種族生活に交渉深いものは、しばしばくり返されているうちに固定してくる、この叙事詩の主なものが、伝誦せられる間に、無意識の修辞が加わる。口拍子から来る記憶の錯乱も混じる、しかしながら、「神語」としては、だんだん完成してくるのである。

（『国文学の発生（第一稿）』）

たしかにアルコール、薬物あるいは精神的疾患により通常の精神状態が乱れた人から発せられることばは乱れているようでいてそうではなく、繰り返しやリズムを備えているという点ではむしろ形式が整っていることがある。あたかも理性に抑圧されていた精神の内奥にある想念がこのような形式を伴って噴出してくるかのようである。折口はさらにこのような状態から舞踏の原形が生まれ出るとも述べているが、そういえば漢字の「若」の字源についての白川静博士の解説と符合するものがある。「若」の文字を金文や甲文の書体で見てみれば、それは「若い」巫女が恍惚状態の中に身を泳がせている様子を字源とするというものであった。

じつはこのことがゲルマンの「詩人」を表す「スコップ」（scop）ということばの語源とものの見事に一致しているのが面白い。元来、このscopなる名詞は英語のscoff「あざ笑う」と同語源で、詩人とは種々のことをシニカルに「あざ笑う者」であると考えられていた。しかしどうもそうではなく、「踊る、跳ねる」を意味するskip「スキップ」と同語源ではないかという研究者が現れた。古英詩『ライミング・ポエム』の語り手は、畑に作物が育つようおまじないを唱えながらステップを踏むと述べている（22行目）。つまり祭儀の一部として踊るわけである。そうだとすれば、詩人はゲルマン世界でも「踊る者」と言い表されたわけで、折口のいう恍惚状態の中で神語を受け取り、それが口を衝いて出てくる巫女の姿と重なるではないか。ただしゲルマンのscopが巫女であったかどうかはわからない。しかしscopが受け取るのは神語なのである。

そうするとゲルマンの場合、神語を発するのは原初存在神にほかならない。タキトゥスが情報提供者から聞いたトゥイストであり、ヨルダネスが記したガウプ、つまりヘイムダルである。そして詩とは原初存在神のヘール、つまり弥栄《いやさか》を言語化したものなのだ。男性原理と女性原理が未分化で両性具有の原初存在神は自らが犠牲になることにより「父なる天」と「母なる大地」を創造した。こうしたことから原初存在神は生と死の両方を司ると考えられた。伝承される文献からかすかに垣間見ることのできるゲルマンのスコップの口からは、だいたい6種類の詩が朗唱されたと考えられる。それは宗教的なもの、宮廷で英雄を讃える詩、葬儀で死者の事績を讃えながら弔う詩、場所をほめる歌、教育的な内容を語る詩、そして世俗的な歌である。

◉——『キャドモンの賛歌』

ゲルマンのスコップがうたったであろう宗教的な詩がだいたいどんなものであったのかを教えてくれる言語資料が残されている。それは『キャドモンの賛歌』と呼ばれている「詩編」(Hymn)で、なんとブリテン島にキリスト教が広まっていく歴史を記録したベーダ尊師の『英国民教会史』

に収められているのである。全部で17の写本によって今日に伝えられているこの「詩編」が英文学史上最初の作者名がわかる詩であり、それも宗教詩なのであるが、この作品の成り立ちは最初の宗教詩としてたいへん興味深く、また印象的である。

『英国民教会史』第4巻24章によると、ヒルダ（c. 614-680）が院長をしているヨークシャの修道院に牛飼いキャドモン（Cædmon, fl 670）がいた。キャドモンは教育など受けたことのない文盲だった。ある夜、宴の席で歌をうたう順番がまわってくるのに気づいたキャドモンは自分にはそのような才能がないため、恥ずかしくて家畜小屋へ逃げ出した。そしてそこで眠りこけているところへ夢の中で見知らぬ人の声が聞こえたという——「キャドモンよ、なにか歌ってごらん。」するとは突如としてそれまで知られていなかった詩を口にした。それは天地創造の歌であったという。

いま、われわれは天の国の創始者を、創造者の力を、その思し召しを、栄光の神の行いを讃えるべし。それは永遠の主として、いかにしてすべての驚異の創始者となられたのかを讃えよう。その創始者は人の子供たちのために屋根の棟としての天井をお作りになった。そしてその次に大地を（お作りになった）。人類の守り手、全能の者。

ベーダ曰く、これはあくまでキャドモンが眠っている間に口にしたことばをラテン語に意訳したものにすぎないという。もちろんベーダはこの「詩編」なるものを旧約聖書の「創世記」冒頭に記された宇宙創成神話を語ったものだと確信して『英国民教会史』に収録したわけである。

しかしシュナイダーはこの詩が本当に旧約聖書の「創世記」に記された天地創造の物語をうたったものなのか疑念を抱いた。というのも、この詩には神の6日間の働きについて一言も言及がないだけでなく、開闢時の光の創造もなければ、草木、星辰、動物の創造にも触れられていない。もちろん最初の人間についてもなにも語られていない。このように天地が創られたという内容だけをもって旧約聖書の世界創世神話であると判断することは不可能であると考えたわけだ。

そこでシュナイダーは古英語で伝わるこの詩に含まれている単語を語源的に分析し、さらに意味の場の理論を用いて分類してみた。すると「創世記」ではなく、むしろ世界大工として世界家屋を建てた原初存在神による宇宙創成神話を語り直しているように見えてくるではないか。土家典生も「古英語における植物と成長」で紹介しておられるが、それではシュナイダーによる語源的に忠実な訳を見てみることにしよう。

いまや（しかし）われわれは義務（と責任）として讃えねばならない、天の王国の守り手を
測定者（Metud）の力を、その心の思いを、
輝く父の御技を、いかにしてそが驚異の各々を、
永遠《とわ》なる（eci）匠《たくみ》（dryctin）が、組み合わせ（創造）をなしたかを。

はじめに造れり、そは人の子たちのために
天を屋根として、聖なる造り手は（scepen）、
次いで中つ庭を、人類の守り手は、
永遠なる匠は、さらに造れり
人々のために大地を、全能なる匠は

「天の王国の守り手」は万物の守り手としての原初存在神を示唆するが、その原初存在神は原初生殖者として神一族の始祖、人類すべての氏族・部族の創始者であるから「全能の創始者」であると同時に、明るく輝く死者の世界を司ることから「栄光の父」でもある。「測定者（Metud）の力」は「大工の棟梁」である原初存在神の別名ドリヒテンDryhtenを思い起こさせる。その「大工の棟梁」は耐久性のある丈夫な木であるオーク材を用いて世界家屋を建築し、世界柱の「聖なる造り手（支え手）」である。オーク（oak）と「永遠《とわ》なる」（eci）は同語源である。

ことば遣いからこの賛歌が原初存在神に向けられたものであることが予想されるだけでなく、「測量する」（metod）―「柱」（scyppan / scyppan）―「支える」（dryhten）という論理構造は原初大工の神話とよく一致しているし、ほかの印欧語族の神話である『リグ・ヴェーダ』においても「測量する」（mā）―「柱」（skambhana）―「支える」（dhar）というように、これとまったくパラレルな論理構造が見られるという。

ベーダはこの「詩編」なるものを旧約聖書の「創世記」をうたったものだと解釈したようだが、この「天地創造の歌」が作られたのはキャドモンの保護者であった修道院長のヒルダがその任に就いていた657年から680年の間だと考えられる。ところで657年から680年の間といえば、イングランドにキリスト教が伝えられた597年からまだ60年から83年しかたっておらず、ベーダの記述によれば、キャドモンが修道院に雇われたときには相当年齢がいっていたというので、おそらくキャドモンが生まれたのは6世紀末のキリスト教の伝来の頃かと思われる。このような時代背景および先に見た言語学的解析により、シュナイダーはもっとも蓋然性の高い予想として次のような結論を示している。

1. いわゆる『キャドモンの賛歌』はキリスト教の創造神へ向けた賛歌ではなく、古い信仰の創造神に宛てた賛歌である。
2. この賛歌はキャドモンに由来するのではなく、原初存在神の神話に精通した祭祀詩人を作者とするにちがいない。
3. 制作年代についての推測としては、神話の内容とゲルマン的な頭韻構造という形式の双方から紀元前500年から、キャドモンが生きていた西暦660年ごろが考えられる。
4. 歌いだしの勧奨法より、この賛歌はより豊かな内容をもった異教の礼拝の一部であった。おそらくキャドモンはプロのスコップではなかったのであろう。しかしそのキャドモンが子供のころから覚えていたのは、先祖から代々伝えられていた歌だったかもしれない。そうだとすれば、イングランド初期のキリスト教文化の礎を築いたベーダ尊師の誤解により思いがけずゲルマンの詩人が口承で伝える宇宙創成生神話の断片がわれわれの前に残されたことになる。

しかしながら、のちの研究によれば、キャドモンが口にしたという歌は『英国民教会史』の余白にあとから書き込まれたもので、それもラテン語による詩を古英語に書き換えただけのものだという。ただし、別の写本では本文のテキストに組み込まれているものもある。現在ではおおかたの研究者は、キャドモンはラテン語をモデルとした詩を古英語で歌ったにすぎないという考えを支持している。しかし、もしそうだとしたら、なぜ文盲の牛飼いがそんな詩をそらで歌えたのか。それから、この詩をだれかが写本に追加したとすれば、そもそもキャドモンにまつわるエピソードを『英国民教会史』に収録する意味がないのではないか。

問題は、キャドモンが口にしたという歌と聖書にもとづいたラテン語の歌の内容が似ているということなのだ。しかし、ゲルマン人が先祖代々信仰してきた原初存在神とキリスト教の神は世界の創造主として似ている部分をもっていたと考えれば、この問題はきれいに説明がつくはずである。文盲の牛飼いキャドモンは子供の頃から聞かされてきた神にまつわる歌を口ずさんだ。その歌は世界創造の歌であり、聖書にもとづく歌と似ていたため、ベーダはそれをキリスト教の歌と思い込んで、このエピソードを『英国民教会史』に収録した。修道僧ベーダによるこのようなキリスト教的解釈《インタープレタティオ・クリスティアーナ》は同書のほかの箇所でも見受けられるものである。たとえば同書第4章22章では、ルーン文字の呪文を知っていたために鎖でできた足かせを外すことができた人物のエピソードが紹介されているが、ベーダによれば、その人物の兄弟がキリスト教の聖職者で、その兄弟が神にお祈りをしたために足かせがはずれたという解釈を施している。

もしも、『キャドモンの賛歌』が異教の世界創造をうたったものであるという推論が当たっているとすれば、『ベーオウルフ』で言及されるヘオロットの館の詩人が語ったという詩も『キャドモンの賛歌』と同じ世界観をうたったものかもしれない。

館には竪琴の調べが、
伶人の朗々たる吟詠の声が響きわたった。人類の始まりを
遠つ世より説き起こして物語るすべを知る者は、
全能の主《しゅ》が大地を、海に囲まれた
麗しき原を創造し、地に住む者等の光明とて
太陽・太陰を勝ち誇りつつ天に置き、
地の面《おもて》を枝と葉をもて
装い飾り、また、生きて動き回る
なべての物のために
命を創り給いしことの次第を語った。

(『ベーオウルフ』89-98、忍足欣四郎訳)

詩人とは「遠つ世より説き起こして物語るすべを知る者」なのである。

◉——死者を弔う歌

詩の起源は原初存在神の「みこと」(御言)であると考えると、死者を弔う詩も相当に古い形態を保つものと思われる。死者を前にその人の生前の生きざまを讃える詩を歌うことにより、原初存在神から与えられたその人の命をふたたび原初存在神のもとへと返すのである。詩人はこうして命の循環を促進させる役割をもっていたのであろう。

死者を弔う詩を伝える最初のものとしてはタキトゥスの『年代記』(115-117)が挙げられる。この第2巻88章において、ゲルマン人の英雄アルミニウス(BC17-AD21)の武勲は「いまもなお蛮族の間で詩歌にうたわれている」と記されている。ただしここでいう「いまもなお」はアルミニウスが亡くなった21年をいうのか、あるいはタキトゥスがプリニウスからこのことを聞いて同書を著した115年から117年の当時のことを指すのかはわからない。

これに対し、ふたたびヨルダネスは『ゴート人の起源と事績』の中で453年のアッティラ(406?-453)の葬儀について記している。もちろんアッティラはゲルマン人ではなく、また印欧人でもなく、もとは中央アジア以東に起源をもつユーラシアの遊牧民集団フン族を率いてローマ帝国の北側一帯を荒らしまわった豪傑である。そして西ローマ帝国が弱体化した当時、アルプス以北ではゲルマン人の各部族やフン族などさまざまな部族が入り乱れ、まさに戦乱の様相を呈していたのである。アッティラの宮廷にはゲルマン人東ゴート族の兵士のみならずスコップも入り込んでいた。そういえば『ウィドシス』という古英語の詩を書き残した詩人も各地の宮廷で詩を朗唱することを生業としていたようだが、その57行目で自分はフン族とともにいたと歌っている。この詩人はヨーロッパ中、あるいは時には中東まで出向いたという。

それでは少し長くなるが『ゴート人の起源と事績』に記されているアッティラの葬儀の模様について見てみよう。

アッティラの魂が人々によって拝礼されたその方法について述べるのを省くわけにはいかない。彼の亡骸は絹でできたテントの平間の中央に安置され、そこでは見事な儀式が厳粛に行われた。フン族のなかでもっとも優れた騎手がアッティラの安置された場所の周囲をぐるぐると回り、次のように葬送の挽歌をうたいながら彼の事績を語ったのである。

ムンズクの息子、フン族の王アッティラ
もっとも力強い部族の主
かつてなき権力によりにしてスキタイ人とゲルマン人の土地をただ1人で支配し
ローマ世界の二つの都市を恐怖に震わせせり
そして祈りによって心を静めつつ、年ごとの貢ぎ物を受け取ることにより

残りの地域が略奪の対象とならぬよう慮った
そしてこれらすべてを完遂せしとき
彼は幸運の導きにより帰らぬ人となりぬ
それは敵が与えし傷のためではなく
また友の裏切りによるものでもなく
無傷の民とともに平和に包まれ、喜びに満ち
痛みを知らぬままこの世を去りし
これを誰が死と思おうか
復讐されるべき死と

かような嘆きとともに彼を悼んだとき、彼の墳墓のまわりを踊りながら人々がストラヴァと呼ぶ哀歌が捧げられた。人々には葬送の悲しみと喜びがかわるがわる打ち寄せた。その後、夜のしじまの中アッティラの亡骸は大地に埋葬された。彼の棺ははじめに金で縛られ、次に銀で、そして最後に鉄によってしっかり巻かれた。こうすることによりこれら3種の金属が王の中の最強の王にふさわしいものを示していた。この王が国々を制圧したために鉄が、またこの王が二つの帝国から誉れを受け取ったために金と銀が巻かれたのだ。戦いで得た敵の武器、さまざまな宝石がきらめく希少な価値のメダルの飾りが、そしてあらゆる種類の装飾品もともに埋葬された。こうして王にふさわしい威厳が保たれた。こうすることにより多く

の宝物は人間の好奇心から遠ざけられることであろう。埋葬に携わった人間も殺された。労働に対する恐ろしい報酬であった。埋葬された王のみならず、彼らの多くにとっても突然の死であった。

（『ゴート人の起源と事蹟』第49章256－258節）

アッティラを弔う人々は踊りながら哀歌をうたった。おそらく王の墓のまわりを輪になって踊りうたったのであろう。かわるがわるやってくる葬送の悲しみと喜びのなかで歌をうたった。この件を読んでいると思い起こす光景がある。日本の夏の風物詩である盆踊りと規模は違えどもそっくりではないか。先祖の魂をお迎えする人々が、短調と長調が入り交じった歌にあわせてまるで無限のループを織りなすあの光景である。

ゲルマン人の葬送の場面はほかにも見てとれる。古英語で書かれた英雄詩『ベーオウルフ』もその末尾にはベーオウルフの葬送の場面が描かれている。

さて、武勇に秀たる公達《きんだち》が総勢十二名、
この塚をめぐって馬を駆り、
胸中の悲しみを吐露し、王を偲《しの》んで
哀悼の歌を誦《しょう》し、亡き人の事績を語らんとした。

彼らは王の気高き心映えを讃え、その雄々しき勲《いさおし》を
褒《ほ》めそやした。友にしてかつ主君たる御方の
魂が肉体を離れて去らんとする時に、
ことばを尽くして称《たた》え、衷心《ちゅうしん》より慕いまつるは
家臣たるものに相応《ふさわ》しい務めである。

（『ベーオウルフ』3169-3177、忍足欣四郎訳）

陵墓を丸く取り囲んで哀歌をうたう風習からゲルマン人の世界観が垣間見られるのではなかろうか。まず死者に対して歌を捧げるということは、詩が物理世界を超越したところまで届くと考えられていたからにちがいない。そしてその詩によって神から与えられた命を神のもとへいったんお返しするのであるが、命がこの世とあの世を行き来するという世界観が、詩とともになされる踊りの円環として表されるのであろう。

◉――英雄や建物を讃える歌

アッティラの葬送の記録で見たように、死者を悼む際には生前の事績が讃えられるものである。英雄を讃える詩は死者を悼む詩から派生してきたものと思われる。中期メロヴィング朝の記録で

著者不明の『偽フレデガリウス年代記』（c. 660）にはブルグンド族の王グントラム（c. 525-593）を讃える歌が含まれているし、またベネディクト会の修道士でシャルルマーニュの文化政策に貢献したパウルス・ディアコヌス（c. 720-799）の『ランゴバルド史』（795/6）ではランゴバルド族のアルボイーノ王（526?-572）への賛歌が言及されている。『ベーオウルフ』には怪物グレンデルの片腕をもぎ取った英雄ベーオウルフを讃美する詩がフロースガール王お抱えの詩人によってうたわれる様子が描かれている。

また時には、王の従士にして、
栄えある事績、あまたの英雄たちの名だたる歌に通じ、
古《いにしえ》より語り継がれた歌の数々を諳《そら》んずる者は、
正しく言の葉の音と音を相連ねた
彼はいまいちどベーオウルフの勲《いさおし》を巧みに誦し、
さまざまなることばを次々に用いつつ
見事に物語を吟じ始めたのである。

（『ベーオウルフ』867-874、忍足欣四郎訳、織田改変）

詩人が英雄を褒め称える詩を吟じるのは、それによって宮廷内で名声を得、土地や財宝を分け

与えてもらうためであるが、そもそも王が王位に就いているのも、英雄が戦いに勝利するのも、神から弥栄《いやさか》であるヘールを授けられているからだと考えられていた。したがってその王や英雄を詩ということばで褒めそやすことにより、世界を循環しているヘールのさらなる循環を促進するわけだ。それにより詩人は土地や財宝を授与されるのである。ことばによってヘールの活動を活発化させることによって国家の平和や勝利の実現が図られるのである。このようなことばの作用はなにもゲルマンに限ったことではない。日本ではこのことを「言霊の幸《さきわ》ふ」というのだ。

詩人が褒める対象はなにも死者や英雄だけではない。建物も褒めるのである。『ベーオウルフ』のフロースガール王が諸国民の力役によって建築したという館ヘオロットは「耳にしたためしのない大いなる蜜酒の広間」(69)、「類《たぐい》なき宏壮なる館」(77)であった。詩人が場所を褒めるのは、そこでヘールが作動し、そこの人々に平和がもたらされることを期待するという場所褒めの習慣がゲルマン人の間であったことを反映しているのではないだろうか。もちろん『ベーオウルフ』ではヘオロットが後に惨劇の舞台になってしまうのだが、それは主のフロースガール王がヘールの正常な循環を妨げる行いをしたことによる。それについては後に詳しく見ることとする。

◉——詩人は社会知性の表現者

死者、英雄、場所を褒めそやしてヘールの作動を促進することのほかにゲルマンの詩人にはもうひとつ重要な役割があった。それは教育である。詩の形式でことばを語ることにより聴衆を教育するのである。そのもっとも典型的な例が古英語による『格言詩Ⅰ』冒頭の4行に見られる。

賢いことばで私と問答せよ、汝の心を隠すな
汝のもっとも深く知っている神秘を隠すな。
汝がもし汝の知恵や心境を隠すならば
私も汝に私の秘密を言わないことにする。
賢い人々は歌を互いに交換すべきもの。

（『格言詩Ⅰ』1-4）

また『ベーオウルフ』にも教育的な内容が散りばめられている。

王子たる者、かくのごとく、父君の庇護の下にあるときより、
すべからく徳を施し、惜しみなく財宝《たから》を分かち与うべきである。
さすれば、やがて年老いたる後、いざ合戦《かっせん》の秋《とき》到るや、
忠義なる郎党《ろうどう》は、王を助け、仕えまつるであろう。
いかなる民にあっても、人は名誉ある

行いをもって栄えるものである。

（『ベーオウルフ』20-25、忍足欣四郎訳）

この種の教えが複数回現れることから、王が臣下に対して財宝を分け与える行為はとりわけ重要な意味をもっていたことがわかる。

ほかにも『ベーオウルフ』には、「運命は常に成るがごとくにしかならぬもの」（455）とか「運命は未だ定命の尽きぬ戦士を救うこともしばしばなのだ」（573）のように運命について教え諭すメッセージがいくつも含まれている。戦いというものが人生の中の少なくない部分を占めていた時期のゲルマン人の世界観とはこういうものだったのだろう。

折口は『国文学の発生（第一稿）』のなかで、異性の気を引くための抒情詩が叙事詩よりも先んじるという「きわめて自然らしい恋愛動機説」を否定しているが、ゲルマンの詩でも同じことがいえそうである。詩人にとって重要なことは物語そのものではなく、あくまで題材が提供する教えなのである。詩人はヘールを言語化する社会知性の表現者であったとも言える。

第3章——インタープレタティオ・ヤポニカII：聖王の祭祀

◉——大嘗宮と高層ビル

ドイツ北部の農家の屋根には千木が付いている——こんな不思議なことを教わったのは土家典生先生の講義「英語史」の時間だった。正確にいえば、この千木なるものは2頭の馬の頭部をかたどったもので、2頭が互いに内側を向いているものもあれば、外側を向いているものもある（図10を参照）。

この2頭の馬というのは、例の神統系譜で現れた若い兄弟神と呼ばれる神々のことである。若い兄弟神は「父なる天」と「母なる大地」から生まれた三柱の兄弟のうち、長男の天の神と次男の地の神のそれぞれが母と交わってもうけた神々だから、いわば異父兄弟である。

若い兄弟神は北欧神話ではバルドル Baldr とフレイア Freyr、古英語ではバルデイ Bældæg とガールムンド Garmund またはエルディ Erdæg とウェルムンド Wærmund、ギリシャ神話ではカストル Kastor とポリデウケス Polydeukes などと呼ばれ、2頭の白い馬によって象徴された。もともとは災難救助や生殖促進をつかさどる神々であった。

この種の屋根飾りが北ドイツに残っているところが興味深い。なぜならば5世紀半ばにブリテン島へ移民し、アングロ・サクソン人の国イングランドを作った人々は主としてアングル族、サクソン族、ジュート族といって北ドイツからデンマークにかけての地域一帯の部族だったからである。しかもブリテン島への移民を率いていったリーダーがヘンギスト Hengist とホルサ Horsa の

「馬」という名前をもった兄弟だったという伝説についてもすでに見たとおりである。

シュナイダー博士のご自宅で講義録の収録をした2年後の夏に研究室の仲間たちとともにミュンスターを再訪し、当時サバティカルで現地に滞在中だった土家先生を誘って「千木」が付いた農家を探しにドイツ北部をまわったことがある。「このあたりに2頭の馬が付いている屋根はありませんか」と現地の人にたずねてみても、怪訝な顔をされるばかりだった。現在のドイツ人でさえ詳しい由来を知らないような屋根飾りを見るためにわざわざ冬の北ドイツを旅する日本人が珍しく見えたにちがいない。とくにニーダー・ザクセン州に「千木」付きの建物が多かった。それ以来というもの、ドイツの農家の前を通るたびにまずは屋根を見上げることが習いとなってしまった。

そんな珍道中は平成が始まって間がないころだったが、それから30年近くもの時間が経ち、令和の御代が始まった。11月14日から15日にかけて行われた大嘗祭の後、皇居東御苑にて大嘗宮が一般に向けて公開されていると聞き、新しい天皇のもとへ神様が降り来ったという建物を見るために皇居へ出かけることにした。

大勢の参観者のなす列に入って紅葉が美しい園路をゆっくり歩いていくと柴垣に囲われた大嘗宮が見えてくる。その柴垣には榊と思しき小枝がたくさんつけられている。葉っぱの力で聖所を守っているのであろう。大嘗宮の正面には「黒木造り」の鳥居が立っている。「黒木造り」とは皮つきの丸太をそのまま組み合わせたもので京都・嵯峨の野々宮神社でも見ることができる。嵯峨は生まれ育った場所だから、いつも散歩の途中に野々宮へも立ち寄っていたため、私にとっては珍しいものではないのだが、生のままの丸太を使用するという点で、じつは神社建築としてはたいへん貴重な形式の鳥居なのだ（図12を参照）。

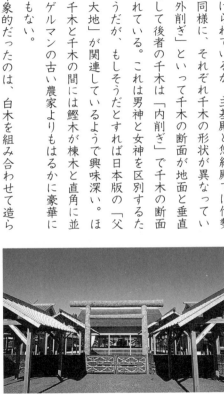

そして鳥居の向こうに左右対称に配置されているのが悠紀殿《ゆきでん》と主基殿《すきでん》と呼ばれる２棟の殿舎で、新天皇が神から霊性を授けられる聖所だ。このたびは悠紀殿には栃木県高根沢町の、そして主基殿には京都府八木町のそれぞれ斎田で収穫された新穀が神々に供えられる。もちろんこれらの殿舎には千木が付けられているが、主基殿と悠紀殿では伊勢神宮の外宮と内宮と同様に、それぞれ千木の形状が異なっていた。前者の千木は「外削ぎ」といって千木の断面が地面と垂直に切られている。そして後者の千木は「内削ぎ」で千木の断面は地面と平行に切られている。これは男神と女神を区別するためという説があるそうだが、もしそうだとすれば日本版の「父なる天」と「母なる大地」が関連しているようで興味深い。ほかにも屋根の両端の千木と千木の間には鰹木が棟木と直角に並べられているので、ゲルマンの古い農家よりもはるかに豪華に見えるのは言うまでもない。

図12　大嘗宮と鳥居

しかしもっとも印象的だったのは、白木を組み合わせて造られている殿舎の圧倒的な美、生のままの構造物のもつ迫力だった。石ではない、白木を組み合わせて造った聖なる建物には自然の命――これを霊性というほかない――が宿っていることが感じ取れるのだ。

ゲルマンの人々が屋根に付けた２頭の馬飾りの意味と力をリアルに感じていたころ、彼らにとっての世界家屋はきっと主基殿や悠紀殿とほぼ同じような構造をしていたにちがいない。いま手元にはシュナイダー博士が描いた世界家屋の図がある。それがものの見事に大嘗宮とそっくりなのである。しかし現代のゲルマンの地にはそのような建物はもはや存在しない。聖なる場所は石造りの教会に取って代わられたからである。

皇居東御苑には生のままの古代があった。そしてその背後には大手町のビル群が透きとおる秋の空に向かってそびえ立っていた。古代の生のままと現代の最先端が交差する国。それが日本であることを再認識した。

＊＊＊

◉――聖王の祭祀

折口が解釈した神と天皇の姿から類推《アナロジー》を働かせてゲルマンの王を眺めると、その姿はどのように映るであろうか。結論から言ってしまえば、日本の天皇とゲルマンの王との間には、さながら相似形といってもよいような関係を見出すことができる。カール・シュナイダーが再建したキリスト教改宗以前のゲルマン人ないしは印欧語族の神統系譜《テオゴニー》はそのようなゲルマンの王の職務を考える上で有益な示唆を与えてくれる。

過去を探求しようとするとき、じつは物的証拠は思いのほか情報に乏しいものである。中世前期におけるゲルマンの王がいかなる職務を帯びていたのかについて、考古学的には紋章や象徴、祭具がどのようなものであったのかはわかるが、先祖や武運についてどのように考えていたのかとか、王のカリスマや祭儀での役割、ならびに王の選定方法や王位の継承過程などについては詳らかにならない。

タキトゥスは『ゲルマーニア』第7章で、「彼ら［ゲルマン人］は生まれにもとづいて王を選び、勇気にもとづいて将軍を選ぶ」と記している。このことは英語で言えば「王」を表すkingの語源からも確認できる。king（古英語cyning）は英語やドイツ語などの西ゲルマン諸語に分かれる前の語形は*kun「種族」と*ingguas「産ませる者」が合わさった*kun-ingguasと想定されていて「種族を産ませる者」というのが根源的な意味である。そして後半要素の*ingguasはしだいに「跡取り、一族の長」を意味する語尾の-ingになっていった。

語尾の-ingが示すように、長男が父王の後を継ぐのが王位継承のあるべき姿だった。これは日本の皇室のみならず、かつては世界中の王家でできるかぎり実践されていた王位継承方法であろう。なにも現代の科学が説明するようなY性染色体は男系でのみ遺伝するということを知らなくても、古代から実践されていた方法であり知恵であった。そうすることによって祖先が神と連なる王権は順当に継承されると考えられていたからである。そして正当な手続きによって選ばれた王はヘール、すなわち弥栄《いやさか》をもつ。国家・国民の弥栄とはつまるところ平和と繁栄であるが、ヘールをもつ王は平和と繁栄を実現するだけの霊力が付着しているわけである。

ゲルマン人によるフランク王国の時代にはカール大帝が800年にローマ教皇から帝冠を受け、またフランク王国が分裂した後、オットー一世(912-973)もまた962年にローマ教皇から加冠され、神聖ローマ帝国皇帝となった。さらにはブリテン島ではキリスト教が到来した後もなお、王は「神の贈り物による王」とか「キリストの代理」と呼ばれることがあった。これらのことからもわかるように、世俗の王といえども王が神の代理《ヴィカリウス・デイ》として霊力を預かる存在であることは中世になっても本質的には変わらなかった。古代性が残っていたのである。

古代においては神の代理はすなわち神と同一視された。そのことは先に見た古英語における原初存在神の名称のうちドリヒテンdryhtenが「王」をも示したことからもわかる。王が神と民のあいだの仲介者として、祭儀の中で最高のヘールの分配者である原初存在神の代理を務めた。王は、畑の豊かな実りと家畜の多産、そして人々にとっての子孫繁栄と健康ならびに安寧をもたらす力がヘールの作動によって実現されることをひたすら祈る。古代ローマの初代皇帝はアウグストゥス(Augustus, BC63-BC14)であるが、この名前は「増やす力を付与されている」という意味をもつ。もっと具体的に言えば、「農夫に有益な植物の成長を増大させる能力の持ち主」である。同語源の単語としては英語のaugment「増やす」やドイツ語のwachsen「成長する」などがある。とにかく豊穣（経済）と安寧（社会）は強く結びついていたのである。

したがって、古代と中世の間で霊力の循環を促す祭儀が違ってはいても、霊力が滞りなく循環することが大切なのである。したがって王位継承の儀式というのは、その国によってさまざまな要素から成りたっていて、なかには秘儀も含まれようが、ようするに新しい王にヘールを授けて霊力を付着させるための儀式であると考えられる。きわめて俗っぽい言い方が許されるなら、電池を充電するように新しい王に霊力をチャージするのだ。皇室の大嘗祭ではまさしくこのようなことが行われるのである。代替わりをすると王の肉体は変わるが、霊力は引き継がれる。ということは、霊力という点では神武天皇も今上天皇も同じ存在と見なされる。言い換えれば、大嘗祭は霊力の復活祭なのだ。王はこうして聖王になるのである。

したがって古来、王に正統性《レジティマシー》があり、すなわちヘールを有していれば、国民に対しては平和と豊かさが、国には安全と静けさが、そして疲れた人々には助けが、貧しい人々には慰めがもたされ、自然の力すら和らげられて天候はよくなり、五穀豊穣がもたらされ、海は穏やかで、魚が群れ泳ぐようになると考えられていた。逆に言えば、王のヘールが欠如しているとか喪失しているために大地の稔りが少ないと見なされたときには、慣例によりその王は地位を追われるのであった。王が処刑される場合もあった。王の命を捧げる代わりにさらなるヘールを期待したからである。たとえばノルウェー王の歴史を伝えるスノッリのサガ『ヘイムスクリングラ』には、スウェーデンで不作による飢餓が発生したとき、1年目の秋に雄牛御供を催したが状況は改善されず、

2年目には人身御供を行い、それでも状況は改善されなかった。それで3年間にはウプサラでドマルディ王自身が生贄にされたと伝えられている。

さすがに現代では、とくに民主主義が実現されている国家においては為政者が失政をしたからといって、そう簡単には為政者の命が奪われることはない。しかしよく巷では景気さえ良ければだれが首相になってもよいと言われるが、これは逆に言えば景気が悪いと政権はもたないということである。現代人はヘールなどという目に見えないものを意識することはないが、その代わりに平均株価や実際に自分の口座に振り込まれる給与の額には敏感なのである。しかし根底に流れている心の動きは何ひとつ変わることはない。

とにかく武運が傾いたり、社会が不安定になったり、多くの収穫が得られなかったときには、それは王にヘールが少ないことが原因であると考えられた。詳細はあとに譲るが、『ベーオウルフ』ではなぜ怪物グレンデルによる惨劇がもたらされたのか。中世前期の人々が当然のごとくもっていたこのような正統性についての考え方を理解していないと『ベーオウルフ』の核心部分を読み解けないおそれがある。

折口信夫によれば、日本語の「またす」という動詞は用事に遣《や》ることを意味し、「まつり」は命じられたことを行うことを指すという。命じられたことというのは、もちろん神の仰せ言を受けて唱えごとをする行為である。唱えごとをして、それより得られる収穫を神にお見せし、その一部をお返しするまでの一連の行いが祭事である。稲作文化圏ではこの一連の行いには、唱えごとのほかに稲の魂を表す被り物を付けて舞うこともあったはずだ。漢字の「年」は、稔りを付けて重く垂れ下がった稲穂と「人」を組み合わせて、水田で舞う人の姿を表している。

日本では天皇が「みこともち」として神と民の仲立ちをする役割を負っていたのとまるで同じことがヨーロッパでも見られる。神と人間のあいだの「橋渡し役」を意味するラテン語のポンティフェックス（pontifex）は古代ローマの神官を表すし、またポンティフ（pontiff）はローマ教皇を指すということは、王に相当する人物の職務に関して古来、日本人もローマ人も似た発想をもっていたことを示している。「橋渡しする人」なのである。ポンティフェックスはラテン語のpons「橋」と「造る」を意味するficereを組み合わせた単語である。

またゲルマンに関してもタキトゥスは『ゲルマーニア』の第10章において、古代ゲルマン人は神意を求めるために馬の嘶《いなな》きを利用すると報告するくだりで、「貴族や聖職者たちは自らを神々に仕えるものであると考え、馬を神々の仲間だと考えている」と述べているように、王は神ではなく、神と国民の間に立つ仲介者なのだ。それも宗教的および政治的な機能を帯びているので、つまるところ聖王なのであった。この点において、神のことばを預かって民に宣べ伝える「みこともち」としての日本の天皇とゲルマンの王は本質的に酷似していることは明らかである。

世界巨人が建てた世界家屋を模した宮殿は武士団社会《コミタートゥス》の場であり、ゲルマン武士の権力を象徴しているとともに武士精神が根付いている場所であった。ゲルマンの王はとくにその宮殿の中心である蜜酒の間《ミード・ホール》で政治と祭儀が一体のものとしての「まつりごと」を行った。政治と宗教が分離したのは近代になってからのことで、もっぱら政治的な任務というものは存在しなかった。王は戴冠や刀で肩を叩いて騎士の位を授ける刀礼、顕彰、指輪など宝玉の授与、祝宴、領地の巡回、運命に影響を与えるために生贄を供して臣下を統率するなど、いろいろな職務を有していたが、まずもって国家国民の安寧を願った。しかもその際、王は政治的のみならず宗教的な任務として国家と国民の安寧を祈願したのである。もちろん願う対象は神である。

王は神に由来するヘール、つまり弥栄《いやさか》をこの世に取り次いで国民へ渡す。国民にとっての弥栄はいろいろあって、まずは人々の健康、豊かな収穫、家畜の多産、子孫繁栄、それから戦での勝利などがそうであった。王は祖先をさかのぼれば最終的にはあらゆるものの原因である原初存在神にいたるわけだから、良くても悪くても天候の原因であり、仮に収穫が少ないと、それは王のもつヘールが少ないからであると考えられた。これらの弥栄を実現するため王は生贄を捧げた。

季節という時間が巡る中で特定の時に特定の場所で王はこの営みを行う。ややもすると無為に過ぎゆく時間に対し、一定の間隔ごとに神と民との間の弥栄の授受を実現すべく聖なる空間を交差させるのだ。王が執り行う3度の重要な季節の祭があった。まずは新年を迎えるために執り行われる冬の始まりの祭、次に豊穣を予祝するための冬の最中の祭、そして戦いの勝利を予祝する夏の祭であった。その聖なる時間・空間では聖王は唱えごとをして神に奉る。それが「まつり」なのであろう。年はそうして作られる。

聖王としてのゲルマンの王は神と民の間に立って、神から授かったヘール、つまり弥栄《いやさか》を民に伝える一方で、民が手にした恵みを感謝の念とともに神へ還すための祭式を司る。こうすることによってさらなる恵みを期待するのである。つまりヘールの循環を促すこと、それが聖王の職務なのであった。ゲルマンの王はいわばヘール循環のファシリテータなのである。

それではこのようなゲルマン人の聖王が民の安寧を願いながらどのような祭祀を行ったのかについて、農耕的および政治経済的という二つの側面から以下に見ることにしよう。

◉――農耕的側面1：ネルトゥスの祭儀

日本からシベリア・ルートでドイツやフランス方面行きの飛行機に乗ると、2度目の食事が終わるころ、雲さえなければ窓の下にはバルト海が見えるだろう。飛行機はすでにデンマークの上空にさしかかっている。コペンハーゲンがあるのはシェラン島、アンデルセンゆかりの地オーデンセがあるのはフュン島、そしてユトランド半島ではドイツと国境を接する。上空からデンマークのどこを見ても、スライス・チーズを海に浮かべたようにペラっとしている。山の多い国土から来た人間にとっては不思議な風景である。なるほど国の最高標高地点が海抜約170メートルの丘というのもうなずける。しかしこのスライス・チーズをめくると、いまから2000年ほど前にゲルマン人が残した数々の品物が姿を現すのである。

ドイツ北部からデンマークにかけては泥炭（ピート）からなる沼地が多い。現地の人々は沼地へ出かけて泥炭をレンガ状に切り出し、乾燥させた。すると囲炉裏での使用に最適な燃料になるのだ。とろとろとゆっくり燃え続けるからだ。山のないこの地方では泥炭は地面を切り出すだけで手に入る便利な燃料だった。

１８８０年代のある日、ユトランド半島北部西海岸に近いデイビィア（Dejbjerg）の沼地で木材と金属がバラバラではあるが、それなりに整然とした配置のまま埋められているのが見つかった。金属部品の１つにはヒゲの生えた男性の顔が浮き彫りにされていた。おそらく大陸の鉄鉱石を用いてケルト人の職人が制作したものであろうと予想された。ということは２０００年ほど前のものである。バラけた部品１つ１つを研究者たちが時間をかけて慎重に組みあげていくと、そこには豪華な装飾が施された牽き車が姿を現した。１人分の椅子が備えられており、かつこの豪華さからして、ただの荷車ではないことは明らかだった。おそらく高貴な身分かそれ以上の存在を乗せるものと思われた。これこそタヌムの岩絵に彫られている牽き車のことではなかろうか（図13参照）。

そういえばタキトゥスが『ゲルマーニア』の第40章で報告してい

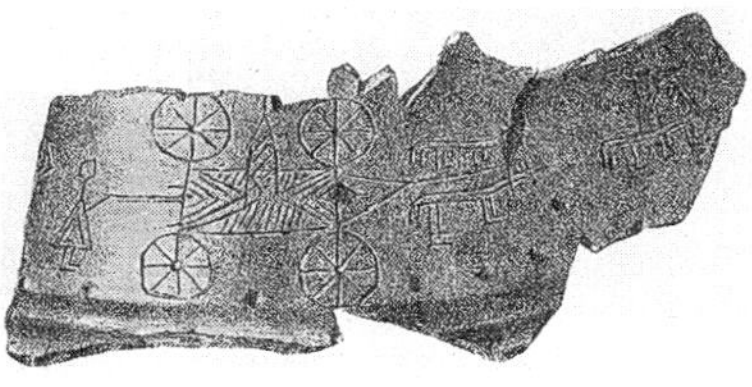

図13　a デイビィアのワゴン　　b タヌムの岩絵に描かれる山車

る祭儀ではネルトゥスという名の女神が山車《だし》に乗せられて村を廻るというくだりがあった。いまコペンハーゲンの国立博物館に展示されているこの牽き車は、おそらくそのような祭儀に用いられたものではないかと考えられている。

＊＊＊

ローマのトレヴィの泉に限らず池や井戸などに小銭を投げ入れる風習はどこにでも見られる。現在のわれわれはそこになにか神々しいものが宿っているような気がして、あるいは願い事が実現されることを期待して、賽銭を投げ入れるものだと思いがちである。しかし、もしかするとかつては人身御供のために沼沢などへ生贄を投げ入れる、死と再生を司る原初存在神の祭儀がいつのまにか小銭の投げ入れへと姿を変えてしまったと考えるのはどうだろうか。

女神ネルトゥスは『ゲルマーニア』の第40章でタキトゥスが報告しているイングヴェオネンによって執り行われる祭儀のご神体である。イングヴェオネンは北海に面したデンマークのユトランド半島、シェラン島やバルト海沿岸の西メクレンブルクのゲルマン人で、さらにユトランド半島から北ドイツ沿岸部に住むアングル族、サクソン族、ジュート族のほか、フリース族も含まれる。イギリスの歴史書『アングロ・サクソン年代記』や『英国民教会史』によるとアングル族、サクソン族、ジュート族は5世紀にブリテン島へ移住し、イギリスを建てることになる。ほかにも現在のドイツとチェコの国境をなすエルツ山地北方にいたスエビ族もネルトゥスを崇拝していたというが、これは彼らが南下する前の信仰を保持していたということだろう。

ネルトゥスの祭儀の要点を列挙すると次のようになる。すなわち、ネルトゥスは（1）「母なる大地」の別名で大地の力を表す「強き者」という意味である。しかし（2）海に浮かぶ島の清浄な森からやってくる。（3）聖衣に蔽われている。（4）ひとりの神官のみがこの神に触れることができる。（5）部族民はお祭り騒ぎをして雌牛が牽く山車に載せてこの神を接待する。（6）祭りの後この神は奴隷によって湖で洗われ、（7）その奴隷も最後には湖に投げ込まれる。

ほかにもタキトゥスは、イングヴェオネンはこの祭りの期間中のみ武器を取らず戦いに出かけることはしない云々と述べているが、これは祭儀の要点というよりはむしろ『ゲルマーニア』を通して貫かれている、四六時中戦いに明け暮れているゲルマン人の姿を強調するための記述なのであろう。

この女神ネルトゥス（Nerthus）の名称は「生命力がみなぎったもの、力強いもの」という抽象名詞に由来する。ローマ時代のネロ（Nero）という人名も同語源である。北欧神話では男神ニョルズル（Njǫrðr）として現れる。なぜ神の性別が変わったのかといえば、神統系譜《テオゴニー》に示されているように、「父なる天」と「母なる大地」（ネルトゥス）の次男イングは自らの母と交わって夫となる。ちなみにイング（Ing）とは「腫れあがったもの」つまり男性器を意味し、地母神ネルトゥスの夫としての生殖機能を表す名称であると考えられる。先に見たkingの語源となる*inguasにほかならない。それでイングは「ネルトゥスの夫」（男性名詞）と呼ばれたが、これが短縮して「ネルトゥス」（男性名詞）が残った。さらにこのネルトゥスが北欧神話の古ノルド語では男神ニョルズルとなったのである。ニョルズルは『ギュルフィたぶらかし』では風を支配し、波浪を鎮めることから漁民によって大漁祈願の対象となったり、『ヘイムスクリングラ』では豊穣や富裕を祈願されたりする。つまるところ、タキトゥスが報告しているイングヴェォネンによる女神ネルトゥスの祭儀とは、大地からの恵みである豊穣を予祝するために、イングヴェォネンのもとを訪れるイングの妻（「母なる大地」＝地母神）を迎え、もてなす祭りなのである。

日本の「まれびと」を参照するならば、奥羽地方に残っているなまはげが蓑を身に纏っているのと同様にネルトゥスは聖衣に蔽われていた。ネルトゥスは自身の末裔に弥栄《いやさか》であるヘールをもたらすが、その神に直接手を触れて招くことができるのは循環のファシリテータとしての神官、つまりゲルマンの聖王である。おそらくネルトゥスに接触することによって神官が預かったヘールは、その神官から民へと伝えられるのであろう。そう言えば折口も言っていた。なまはげのような来訪神に「触れる（フユ）」ことにより、新年を健やかに過ごすための幸が「増える（フユ）」。そのような行いとする季節を「冬」という。

印欧語族の間では冬は死者を敬う季節だった。ゲルマン人のもとでは冬至の後のしばらくの間、死者の霊が重要な役割を果たしたという。死者は人々の家を訪ねるので、人々は食事を用意してもてなした。ドイツ北部から中部に広がる伝承によると、古高地ドイツ語でヴータネス・ヘァ（Wutanes her）という名の来訪神がこの時期に現れるという。この名前の意味は「ウォーディンが率いる軍隊」であろう。この来訪神が三本足または八本足の馬に乗って来るが、これはまさにウォーディンを彷彿とさせる。ウォーディンの馬はスレイプニルという八本足の馬だった。これに相当するのが中世ラテン語でヘルレキヌス（Herlekinus）、つまりアルルカン（Herlequin）だが、この名称はゲルマン語で「統率者」を意味するHerlekeがHeriloの語形を経てラテン語化したものである。

さて、人々はこの神を十分にもてなしてふたたび常世へと還す。そのとき神と神の姿を見たゲルマン人は沼沢へ沈められる。原初存在神は自らが死ぬことによって次の命を産み出した。ここから神を破壊し、奴隷を生贄にすることにより新たな命の再生としての豊穣を期待することへとつながるのである。そもそも植物は冬場の死によって春の命が再生される。雌牛も植物と同様に、人間に養いを与えてくれる動物である。先に引用した『ギュルヴィたぶらかし』第6章で言及されていた雌牛アウズフムラはユミルを養ったというから、いわば原雌牛なのである。古代ゲルマン人はこのような雌牛が、死と再生の祭りで御神体を載せた山車を牽くのにふさわしいと考えたのである。このようなネルトゥスの祭儀と似たものとして小アジアのペッシヌースからローマへ伝えられたフリギア人のマグナ・マーテルの祭儀があるが、これは3月に行われたから、冬から春への移行期に行われる死と再生の祭りであったと予想される。自然からの贈与をめぐる破壊と生産の循環がここにある。

◉——農耕的側面2：雄牛御供

北海に面したブレーマーハーフェンに注ぐヴェーザー川の河口から貨物船が遡上できるようにするための浚渫《しゅんせつ》土砂の中にこんなものが見つかったと言ってオルデンブルク自然史博物館に骨片を持ちこんだ男がいた。名前はルートヴィヒ・アーレンス。なんでも河口近くの中洲にあるハリアーザント海水浴場の管理をしているという。当時の博物館長フォン・ブッテル・リーペン博士はアーレンスを信用し、ルーン文字を含む絵が彫られた7つの骨片を相当な金額で譲り受けた。ところがこの骨片の素性が解明されるには50年以上もの歳月を要することになる。

ルーン文字学や法医学の専門家による分析検討の結果、1980年代になってようやくわかったことは、7つの骨片は400年ごろのものであり、その碑文の一部は真正だが、一部は偽造であるということだった。ルーン文字の知識をもたない「発見者」アーレンスは、ルーン文字を含んでいない絵だけの骨片を偽造していたのである。かくしてアーレンスはヴェーザー・ボーンの発見者兼偽造者になったのである。

＊＊＊

さて、真正な骨片のヴェーザー・ボーン展示番号4988番に彫られていたのは「ファロスを会衆に渡さん、哀れあれ（汝に）ハガルよ」という碑文と、いまにも長い槍を雄牛に突き立てんとしている頭に羽根飾りを付けた人物の絵が含まれていた（図14を参照）。この絵からハガルという雄牛を生贄に捧げる祭祀を行っている模様であることがわかる。きっとその場の空気は厳粛さに満ちていたことだろう。ハガルは古英語のヘギルにあたる。雄牛は原初存在神に捧げられる生贄なのだ。

　雄牛はただ殺されたのではない。そのファロス（性器）を切断され、会衆に渡された。もちろんその切断面と槍を突き刺された体の傷口から血がほとばしり出たであろう。生贄の血（blood）は聖なる液体である。それを撒くことによって大地を祝福する（bless）のである。もちろんblood（古英語blod）とbless（古英語bletsian）は同語源である。とくに性器から滴る液体に「母なる大地」は歓喜するはずである。「母なる大地」が歓喜すればするほど、たくさんの恵みを産出してくれるのだ。このことはあとで見る地力回復のおまじない『エカボート』でも窺い知ることができる――「人間のための草深き畑よ、輝く畑よ、われが生きるこの地と天を造り給うた全き者の名において血がまき散らされんことを。」

図14　ヴェーザー・ボーンに描かれる神官と雄牛

　収穫のはるか前の春、種植えの季節に大地を祝福するので、これは予祝の祭儀なのだ。会衆に渡された性器の大きさによって稔りが占われたことであろう。だからこそルーン文字碑文のそばには切断されたファロスを思わせるものの絵が彫られているのである。

　頭部に羽根飾りを付けた人物は神と民の仲介役を務めてヘールを大地に移す役割を担っている

聖王または王からその聖なる職務を任された神官であろう。春の予祝の祭儀があったということは、間違いなく秋には大地からの贈り物である収穫を感謝する、日本でいうところの新嘗《にいなめ》祭が執り行われたはずである。ヴェーザー・ボーンはこのような雄牛御供に用いられた槍の取っ手だったのである。

　ヴェーザー・ボーンのほかにもデンマークのクラゲフール(Kragehul) で発見された祭儀の槍にも雄牛御供の神官が宣うことばがルーン文字で彫られている（図15を参照）。

　カール・シュナイダーはここで3度繰り返して用いられている ᚷ と ᚨ の結合ルーン文字を “Gift Ås”「贈り物を、オースよ」と解読した。オースは原初存在神を指す。神官のことばはこのようになる――「われは生贄を捧げる神官なり。オースの末裔、殺《あや》め手と呼ばる。贈り物を賜れ、オース！賜れ、オース！賜れ、オース！猛々しく咆哮するハガルを槍に捧げん。」

　この槍は550年ごろのものと推定されている。ヴェーザー・ボーンが400年ごろ、クラゲフールの槍が550年ごろということは、キリスト教がゲルマンの地に布教される少し

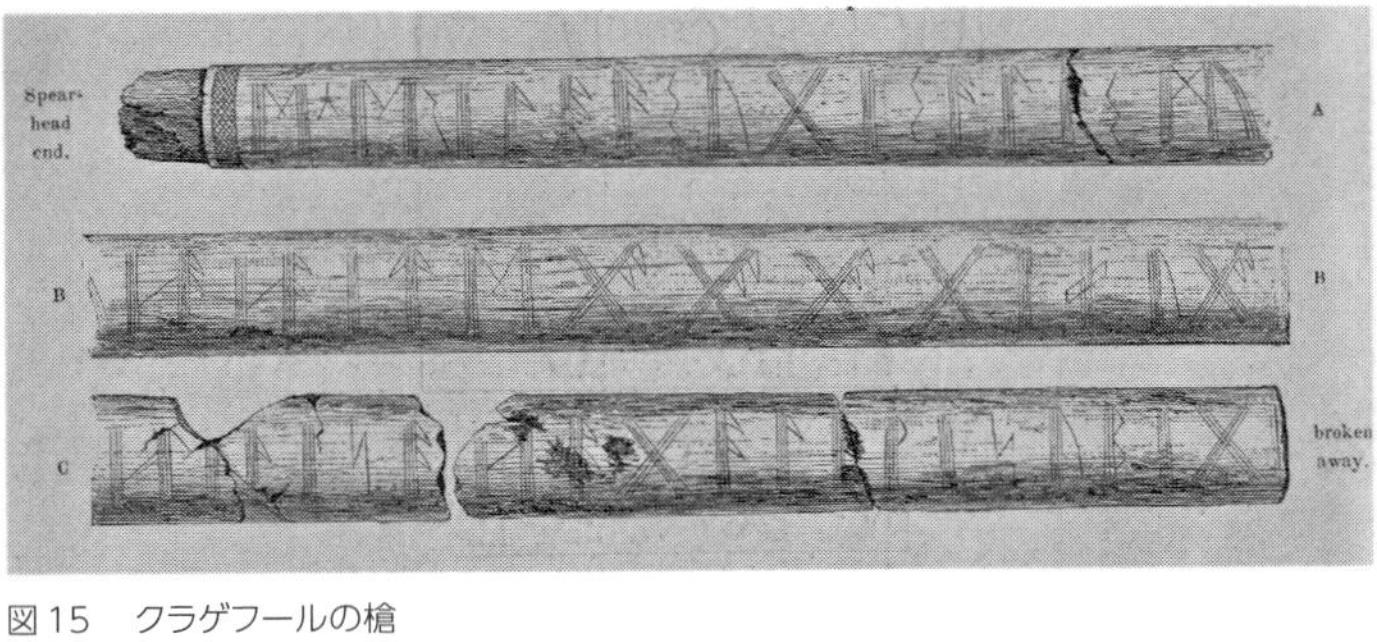

図15　クラゲフールの槍

前の年代を意味する。ブリテン島にローマからの宣教師が到着したのは597年と記録されている。すでにみた教皇グレゴリウスからイングランドの宣教使節に宛てられた書簡に記されていたように、当時、宣教師たちの目にはこの雄牛御供は悪魔に捧げるための生贄と映ったようだ。雄牛の血液を大地にまき散らす（bless）行為は野蛮以外の何物でもなかった。だが宣教師たちは考えた。このような異教の祭儀がいくら野蛮であっても、それを根こそぎ絶やしてしまったところでゲルマンの民はキリスト教には親近感を抱かないであろうと。そこで教会がとった方法は、異教のことばは使い続けてもよいが、その意味内容はキリスト教の教えや祭儀に合わせるということだった。異教の単語の意味を換骨奪胎させる、つまりことばのレベルの改宗をさせることだった。こうしてblessは「雄牛の血液を撒く」ことから「キリスト教の神の恵みを与える、祝福する」ことを意味するようになったのである。

そうではあるがこれまで長い間、ゲルマン人たちにとって雄牛御供は春先に原初存在神のヘールを大地に移して、秋にその恵みである豊穣を祈願する聖なる儀式だったのである。そのとき原初存在神と会衆の間に立ったのがヘールを循環させるファシリテータとしての王であった。

この雄牛御供がスペインなどの闘牛としていまに残っている。300年代にゲルマン人は大移動を始めた。なかでも500年ごろには西ゴート族やヴァンダル族はイベリア半島にまで到達した。その際、西ゴート族の春先に行う豊穣の予祝が現地に残されたと考えられている。

◉——農耕的側面3：地力回復のおまじない『エカボート』

いつの時代、またどこにおいても豊作を願わない人々はいない。人間は足元の大地から獲れたものを食べて生命を維持しているのであるから、豊作は人間の願望のうちでもっとも基本的なものであろう。ゲルマンの聖王は民が健やかに暮らせるために、神の幸であるヘールが豊作をもたらすようにおまじないを宣った。

「エルケ、エルケ、エルケ」という印象的な呼びかけを含むこの古英語のおまじない《チャーム》は『エカボート』（*Æcerbōt*）として知られている。呼びかける相手は人間の女性ではない。そうではなく「母なる大地」に向かって呼びかけているのだ。古英語のæcerはacre（エーカー）「畑」のことで、「農業」を意味するagricultureのagri-とも通じていて、「エカボート」を直訳すれば「地力回復のクスリ」となる。もちろん地面にクスリを塗るわけにもいかないのでことばによるクスリ、つまりおまじないといったところだろうか。散文と韻文が組み合わされたメトリカル・チャームと呼ばれるこのおまじないは大英博物館のコットン・カリグラA. vii写本の最後の3葉に保存されている。この写本は『エカボート』のような小さなテキストよりも古サクソン語による詩『ヘリアント』（救世主）の写本として知られている。

「エルケ」（Erce）はearthの古英語形eorþの愛称だから「大地ちゃん」というようなニュアンスなのだろう。もちろん畑からふたたび豊かな稔りがもたらされるように呼びかけているのである。

おそらくこのようなおまじないは、人間の歴史と同じ分だけ古いであろうから、キリスト教の修道院でこの写本が作成されたとしても、その言いまわしをつぶさに見れば、異教の世界観の名残が隠されているのではないか。カール・シュナイダーはそう考えた。それではここでも土家典生先生に倣って、韻文で書かれた部分のテキストを見てみよう。

われ、東を向いて立ち、贈り物を乞い願う
天より滴り落ちる露の神に乞い願い、誉れ高き成長の神（drihten）に乞い願う
天の領域の欠けることなき（hālig an）守り手に乞い願う
母なる大地と父なる天、シラカバの葉が茂るまことの野原に乞い願う
そして父なる天と世界家屋の産出力に乞い願う
確固たる思いにより成長の神の贈り物とともにこのまじないがことばとしてほとばしり出んことを
これらの稔りがわれらのこの世での恵みとならんことを
肥沃な大地を力強き葉叢（gelēafan）で覆わんことを
草の原を飾らんことを
（26-38）

ここでの祈りの対象となっている神の名称に目を向けると、世界は卵が割れてできあがったと表象する卵神話のイメージが透けて見える。つまり、もともと完全な形であった原初存在神としての卵が上下に分かれて「父なる天」と「母なる大地」が出現した。そして「父なる天」から原初存在神の精力が露となって滴り落ち、「母なる大地」を潤すと、そこから新しい命が芽吹くのである。ゲルマンの民は葉の上に輝く朝露に原初存在神を見た。したがってこのおまじないにある「天より滴り落ちる露の神」も「誉れ高き成長の神」も、そして「天の領域の欠けることなき守り手」もすべて原初存在神を指し示しているのだ。

天の領域の守り手に付けられた古英語（hāligan）「欠けることなき」という形容詞は近代英語 whole にあたる。「欠けるところのない、全き（whole）」神が「聖なる（holy）」神なのである。じつはこれらの単語は古英語のヘール hælu「弥栄《いやさか》」やその現代ドイツ語形 Heil ハイルと語源を同じくすることばである。「欠けることなき」というのは、先にふれた卵神話でいう世界卵が「父なる天」と「母なる大地」に分かれる前の状態、つまり「完全な」状態を示す。世界が欠けるところない状態を古代人は「健全」ととらえた。なぜならその状態では原初存在神のヘールがもっとも漲っているからである。したがって「完全」は「聖なる」（holy）状態でもあるし、欠けたものを「完全」へと回復することを近代英語の動詞で heal という。この動詞の名詞形が health である。したがって古英語のヘール、近代英語の holy、heal、health を並べてみれば、whole の語形だけ別種のように見える。この whole は古英語では hāl だったが、wh- 疑問詞の綴りの影響を受けたのか、のちにw-を付けてwholeと綴るようになったのである。
また「成長の神」は古英語のドリヒテンdrihtenという名称で呼ばれている。これは植物が末広がりに繁茂するさまを表す名称である。古代人の思考においては植物が毎年芽を出し、繁茂し、稔りをもたらした後に枯れ、そしてふたたび次の春に芽を出すさまから宇宙の生成が繰り返されるアナロジーが生じた。したがってドリヒテンという神の名称には世界の創造のみならず犠牲の祭儀も意味内容に含まれる。シラカバは「母なる大地」を象徴する樹木であった。ルーン文字のᛒは「母なる大地」の意味をもつが、その文字名称はベオルクbeorc、つまり近代英語のbirch「シラカバ」である。字形は母の乳房を表すと考えられている。

ゲルマンの民は、季節が巡り、森や野原にふたたび葉叢《はむら》が茂るさまを見て春の到来を実感した。こうして「今年も春がやってきた」という季節の循環を確信したのである。このことを表すのが古英語のイェレアファgelēafaで、これは「葉」(近代英語のleaf)に集合名詞を作るge-が付いたものであるから、1枚の葉ではなく葉叢を表す。しかしのちにキリスト教が到来して、この単語の意味内容が「葉叢・確信」から「信仰」へと変えられたのである。これに対して教会の言語であったラテン語で「信じる」を意味するクレーデレcredereには葉っぱの意味はない。ユダヤ・キリスト教が発生した地域は、植生が豊かではなかったであろうから、むべなるかなである。

おそらく『エカボート』のようなおまじないを唱えた人物―それは王であろう―がどのような姿で祭祀に臨んだのかを窺い知ることができる詩が『ライミング・ポエム』である。ゲルマンの詩は伝統的に頭韻詩であるのに、わざわざ「ライミング・ポエム」と呼ばれているのには訳がある。この詩は頭韻のみならず脚韻《ライム》も踏んでいるという、まことに手の込んだ構造を有しているからである。したがって、たいへん難解な詩として知られている。

その中に次のようなくだりがある。

われは新鮮な緑で輝き、か弱き芽で、
輝くような若い葉で、目もあやな花で飾られている　(3-4)

わが人生は民とともに長く
たいへん栄えあり、たくさんの葉飾りにも飾られし　(41-42)

この「われ」についてシュナイダーは、「成長の神」ドリヒテンと民のあいだの仲立ちである王で、その人はイースト・アングリアのエセルヘレ（Aepelhere, r. 653/654-655）であり、さらに踏み込んでサットン・フーの船葬墓に葬られていたのはこの王にほかならないと推測している。

とにかくゲルマンの民は樹木の民であった。芝草ですら干して燃料や家畜の飼料として重宝したのだ。

エルケ、エルケ、エルケ、大地の母よ
すべてを統べる永久なる成長の神が汝に与えんことを
成長の畑と茂れる畑を、繁茂する畑と育む畑を
キビの実がなる輝ける茎を
そして大麦の幅広き茎を
小麦の白き茎を
大地のすべての稔りを
全きたれ、広がった大地よ、人々の母よ
神に抱かれ、その腹は大きくなれ
稔りに満ちて人々の恵みとなれ
(51-61)

さながら恋人への呼びかけのように響く「エルケ」の繰り返しののちには、4月に成長を始める畑から穀物の花が咲き、実を結ぶ7月までの畑の様子が、そして具体的な穀物名とともにそれらの収穫期が暗示されている。キビ、大麦、小麦は8月から9月に、そして10月から11月にかけ

てはそのほかの実が採れる。このようにして季節の循環の中で「母なる大地」が人間に贈与を産み出すことを祈る。春先に「父なる天」から精力を授かった「母なる大地」はその懐にさまざまな稔りを宿すのである。

このようにゲルマンの聖王は原初存在神のヘールが「父なる天」から「母なる大地」へ空間の中で巡ることを、そして原初存在神が造った時間(季節)の中でもヘールが巡ることを大地へのおまじないとして祈願したのである。

このおまじないに対する以上の解釈は、おそらくゲルマンの聖王がこれを口から発したときに理解された内容とほぼ同じであろう。しかしじつのところ、コットン・カリグラA. vii写本に記されている文字列をそのままに読むだけではこのような世界像は読み取れない。その文字列が提供する表面的な情報はキリスト教の世界観と齟齬をきたさないものであったからこそ、この写本に書き写されたのだ。カール・シュナイダーは原初存在神から「父なる天」と「母なる大地」が分かれて生じ、その神聖結婚を通して神々が生まれたという神統系譜《テオゴニー》をもとに、この写本の文字情報の背後に隠された世界観を読み取ったのである。

◉——政治経済的側面1:宴における宝物の分配

ラスベガスのホテル、エクスカリバーは中世を経験しなかったアメリカ人が砂漠のど真ん中に建ててしまった現代の城である。いくつもの尖塔をもった白亜の城はしかし、アメリカ人だけでなく北東アジアの日本人もまた中世ヨーロッパの典型的な風景として頭に思い浮かべるものである。ディズニーランドのシンデレラ城も、手塚治虫のアニメ「リボンの騎士」の城も、みんなあのロマンティックな城の姿をしていた。ただし、あのような石造りのお城が建てられるようになるのはイギリスではノルマン人がブリテン島へやって来た11世紀以降のことである。

中世の城の中で頻繁に催されていたイベントといえばカジノではなく、宴である。『ベーオウルフ』の１００８行目に人生は「現《うつ》し世の宴」であるとたとえられているが、そのように歌われるくらいに当時の武士たちにとって宴は生きることそのものだったのだ。宴はもちろん中世のゲルマン武士たちだけのものではない。古代ギリシャの『オデュッセイア』や『イーリアス』や古代ローマの『アエーネイス』でも宴の様子は描かれているし、なによりもsymposiumという単語はもともと古代ギリシャの饗宴を表し、「ともに食《シュンポシオン》す」という意味のギリシャ語に由来するという事実はよく知られている。

北ヨーロッパの蜜酒の間《ミード・ホール》では冬ならば暖炉に火がおこされ、肉を焼く臭いと人熱れが充満し、食器の音と会話の声、もしかしたら酔っ払いの大声だけでなく、次なる戦いへの勲《いさおし》の誓いと楽器の音が響きわたり、金糸で織られた壁飾りと人々の衣装の煌めきが目に眩しい、そのような空間だったかもしれない。古英語の詩に「ウビ・スント（ubi sunt）パッセージ」というものがある。“ubi sunt” は “where are” をラテン語で言ったもので、「……はどこへ行った」というような、失いしものを寂寥感とともに懐かしむ詩行で現れる。たとえば『さすらい人《ワンダラー》』と名付けられたエレジーではこう歌う。

馬はどこへ行った?青春はどこへ行った?宝物の与え手はどこへ行った?
宴の喜びはどこへ行った?大広間での喜びはどこへ行った?

(『さすらい人』92-93)

このような宴をとおして大々的に顕示されるものはもちろん王の富と名声であり、宴にあずかる名誉に対して臣下は王への忠誠を負う。すなわち臣下は戦時においては結束して王を守らなければならない。王よりも生き延びることはなによりも武士の恥とされた。そうであるから英雄的行為を行った臣下は宴の場で王より顕彰され、宝玉を賜ったのである。また反対に王は臣下の者に対して引き続き生活の糧と場を提供しなければならない。王と臣下は守り、守られるという相互義務のもとに生きていた。ゲルマン武士団《コミタートゥス》とはそういうものであった。

しかし以上のことは宴のもつ表面上の機能にすぎない。中世の物語では王が豪華絢爛な宴を開き、あふれんばかりの食べ物を前にありあまるほどの宝玉を人々に配る様子がしばしば描かれる。『ベーオウルフ』ではゲルマンの主が宴の場で臣下の者に対して宝物を下賜する様子が具体的に描かれている。たとえばベーオウルフが怪物グレンデルを倒した後の宴は次のように華やかだった。

ヘアルフデネ公の御子《みこ》が出御されるべきころ合いとなった。
王自ら宴《うたげ》に加わろうと思《おも》おした。
人々がかほど大挙して集《つど》い、宝を下される君のまわりにて
これにもまして見事に振舞うのを耳にしたためしはない。
かくして、栄光に輝く人々は床几《しょうぎ》に座し、
存分に饗宴を楽しんだのである。彼らの勇猛なる
親族同士、フロースガール王とフローズルフとは、
高殿《たかどの》の中にて心地よげに蜜酒の盃を
重ねた。ヘオロットの中には、
睦《むつ》み合う人々が満ち溢《あふ》れていた。……
……
さて、ヘアルフデネ公の御子は、勝利の褒賞として、
金糸を織り込み、飾りを施した戦《いくさ》の旗印《はたじるし》、
兜《かぶと》、それに鎖鎧《くさりよろい》とをベーオウルフに遣《つか》わした。
並み居る人々は、世に聞こえた宝剣が
勇士の前に運ばれてくるのを見た。ベーオウルフは広間にて

盃《さかずき》を受けて傾けた。彼は戦士らの面前にて
価《あたい》貴き宝を賜《たまわ》るのを恥じる謂《いわ》れはなかった。

（『ベーオウルフ』1009-1026、忍足欣四郎訳）

豊かさを体現する王が客人や臣下の者を豪勢にもてなすのは当然ではないかと思われるかもしれないが、じつはこの行為の背後には人間の歴史とともに太古から連綿と保持されているであろう宗教的な考えが存在すると思われる。それは、神と接点をもつ王たる者が政治経済的な営みとして散財し、宝玉を分配するという考えである。

神と民の仲立ちをするゲルマンの聖王の務めのうち政治経済的な意味合いをもつ行いは簡潔に言うならば消費である。もちろん雄牛御供は神からの恵みである命を捧げるという点では生贄も消費と言える。そして消費は破壊の別名でもある。神からの贈り物《ギフト》は消費され、破壊されなければならないのだ。そうすることにより神からの贈り物はふたたび神のもとへと戻る。するとふたたび神は贈り物を人間に与えてくれる。神からの贈与を滞りなく循環させることが聖王の務めなのである。

消費は宮廷の中では財宝の分配や大量飲食という散財の形式をとったのであろうし、宮廷の外では、のちに触れるように略奪物の埋蔵という形で現れた。来るべき勝利を乞い願い予祝する場合には、戦いに先んじた犠牲の奉納となる。したがって財宝の分配も埋蔵も、そして埋葬も神から預かった恵みをふたたび神のもとへと還すという点においては同質の行為なのである。古英語の『格言詩1』にもうたわれている財宝の分配はゲルマン武士団《コミタートゥス》の特徴的な風習として説明されている。

（主の）手は（従者の）頭の上で力を及ぼす　宝物は宝箱の中にある
財宝は贈与の椅子（gifstol）から分け与えられる

（『格言詩Ⅰ』67-68）

武士団の主は古英語でイフストール gifstol（近代英語 gift-stool）と呼ばれる椅子に座って、そこから従者に財宝を分配した。イフストールは文字通り訳せば「贈与の椅子」になるだろうが、神からの授かりものである財宝を分配する場所だから、そこはいわば聖所であった。『ベーオウルフ』ではフロースガール王は蜜酒の間《ミード・ホール》で「老若の家臣に頒かち与えようとの思い」(73) により居城ヘオロットを造営したと記されている。

「みこともち」である日本の天皇は神からの御言を預かって、それを「宣り処《のと》」である高御座から民に伝えた。このアナロジーでいえば、ゲルマンのイフストールは高御座《たかみくら》と理解すればしっくりくる。天皇は神から預かったことばを民に分配するのに対し、ゲルマンの王は臣下に財宝を分配するのである。どちらも聖なる行いであることには変わりない。このことをそれとなく示しているのは先の引用の「(主の)手は(従者の)頭の上で力を及ぼす」というくだりである。聖王は跪く従者の頭に手を置き、なにかことばを呟きながら財宝を分け与えるのであろう。カトリックの司祭がまだ洗礼を受けていないひとの頭に手を置いて祝福を授けるように。

ゲルマンの詩にはケニングという表現法がある。これは一種の代称なのだが、言い表そうとする対象の属性を表すことばを複合的に組み合わせる表現法である。たとえば「天のロウソク」といえば太陽、「鯨の道」は海を表す。そして、いま問題になっているゲルマンの王を表すさまざまなケニングが存在する。「金の腕輪の賦与者」「金の友」「腕輪の破壊者」。最後の例は自分が付けている大きな腕輪を臣下一同の前でバラバラに破壊して、従者たちに分配したことを示す。ゲルマン人にとって金はヘールを象徴するもっとも貴重な宝物だった。金をはじめとする宝玉を受け取ることはヘールを受け取ることを意味した。ヘールは世界を循環するものだから、宝玉の分配をけちることほど王たるものの名誉を傷つけることはなかった。だから、このように財宝の分配者を表すいろいろなケニングが存在しているのは、財宝の分配が臣下の期待であり、また王の重要な職務であったことを示している。金は主と従士団との間の団結を生み出す原動力だったのだ。

さて、ここまでの議論をもういちど辿り直すと、原初存在神は原初大工として世界家屋を創った、そして人間世界でそれを模したものが王の館であった。ゲルマンの王はその館の中で神から預かった財宝を分配するのである。それがこの上なく神聖な職務であるとするならば、財宝の分配はもっとも神聖な場所で行われたはずである。それがイフストール gifstol であった。

ゲルマンの王による財宝の分配についてはタキトゥスから現在の考古学者にいたるまで政治的あるいは経済的な視点から説明されることが多かった。ゲルマンの王にとっては自らの武士団を維持するものとしては戦い以外にはなにもなく、武士団の側も主君に対して馬や剣をはじめとする武具や食糧を当然のごとく要求する。タキトゥスは『ゲルマーニア』第14章で「饗宴や、おいしくはないが量の豊富なごちそうは給料に等しいものだからである」と伝えている。しかしこのような政治経済的行為でさえ、その背後には宗教的意味合いが存在しているのである。

宴ではこれからなされるべき勲への誓いと、すでになされた勲への顕彰が行われる。このとき興味深いのは、誓いは盃を酌み交わしながら行われる厳粛な行為であるということだ。たとえば991年に起きたヴァイキングとの戦いをうたった詩『モルドンの戦い』では、劣勢に陥った戦士仲間に対して若き英雄は次のように鼓舞する。

蜜酒を飲みながら、長椅子に座して誓いを立てながら
厳しい戦いについてしばしば口にしたことばのすべてを忘れるな
広間の英雄たちよ

（『モルドンの戦い』212-214a）

これはやはり先に述べたように、伝統的に蜜酒が聖なる飲み物として考えられていたことの名

残であろう。これとは対照的に、キリスト教詩では共同体の行いとしての飲酒の場面はほとんど描かれていない。もしかすると教会側はとくに蜜酒と異教信仰との関わりに気づいていたのかもしれない。あわせて、8世紀以来、教会は宴での大量飲食を罪であるとして批難しているが、これもまたこの世的、物質的な生活習慣への批難であるにとどまらず、神からの贈与を正しく消費すべきであると考える異教的な世界観の否定という側面を有していたのであろう。

◉──政治経済的側面2：戦場における略奪物の埋蔵

ローマ皇帝アウグストゥスに「われの部隊を返せ、ウァルスよ」と嘆かしめたのはローマ人にとって3度目の暗黒日《ディエス・アーテル》であった。紀元9年9月のその日、ゲルマーニア総督のウァルスはいまのドイツ北部、ビーレフェルトとハノーファーの間に位置するミンデンのあたりを西進していた。このあたりは現在、ドイツ西部のケルンやドルトムントと東部のベルリンを結ぶ鉄道の幹線となっているところで、ほぼこの線に沿って南側の山地が終わり、上流のカッセルやハン・ミュンデンから流れくるヴェーザー川がここから低地地方へ一気に流れ下るところである。したがってウァルスの左手には山地が、そして右手は平野で、そのそばには沼沢地があったにちがいない。もともと東地中海や北アフリカでギリシャ人を支配し、彼らの気質を理解していたウァルスだったが、新しく赴いたゲルマンの地では現地人の文化をどうも理解していたとは言えない。ゲルマン人は部族の地縁や血縁によって強固な結束を保っている民であった。そのゲルマン人の将軍はローマで軍学を身につけたアルミニウスであった。アルミニウスはケルスカー族、マルセル族、ブルクテリ族、チャッテン族などと連合軍を作り、オズナブリュックの北方約15キロにあるカルクリーゼの沼地近くの隘路で悪天候の中2万人のローマ兵を待ち伏せしたのである。

最初にローマの貨幣が出土したのは１８８５年のことで、歴史家のテオドール・モムセンはこのカルクリーゼこそタキトゥスが「トイトブルクの森」と名づけた戦いの場であると予測した。紀元３８７年にローマ軍がガリア人セノネス族に大敗したアッリアの戦いと紀元１０５年にゲルマン人キンブリ族とテウトニ族に敗れたアラウジオの戦いに続くこの大敗北の地ではその後、祭壇のそばにローマ人の武器や生活用品が粉々に砕かれた状態で埋蔵されているのが見つかった。

＊＊＊

財宝の埋蔵については考古学的ないしは文化人類学的な説明もなされている。ヨーロッパでは青銅器時代以来の埋蔵物がこれまでしばしば発掘されてきたが、考古学者はそれらを神への奉納物または盗人から宝物を守るために埋められたものであると考えてきた。ほかにも、古代社会の上層階級は社会の緊張を緩和する目的で財宝を埋めたという考え方もある。つまり、経済的格差を小さくするために富の一部を神に捧げた。こうすることにより、社会の緊張が減らせると同時にヒエラルキーは残存するというのだ。

経済学的には、以上の解釈は高価な物品の供給過剰《インフレ》による価値の低下を防ぐために経済という社会内の循環からはずして回収不可能なところに置くことであると説明されるだろう。高価な物品が豊富にありすぎると、下層階級はそれを獲得するために上層階級に対して奉仕する必要がなくなってしまう。すると上層階級の権力が低下してしまうという具合である。

しかしながら、これら考古学的、文化人類学的、さらには経済学的な説明は財宝の埋蔵という行為の2次的な意味合いを説明しているにすぎないのではないだろうか。なるほどタキトゥスが言うように、ゲルマン人は自分たちよりもはるかに洗練された武具を身につけているローマ人と戦い、相手を打ち倒したときでさえ、敗者から奪い取った高価な武具を自分たちで利用するのではなく破壊したという。

ゲルマン人による戦利品の破壊と埋蔵についてはさらなる証言がある。教父アウグスティヌスの弟子のひとりであったパウルス・オロシウスは『異教徒反駁史』（5C）の中で、紀元前113年から紀元前101年にかけて行われたキンブリ戦争においてローマの大カエピオとマリウスを打ち破ったのちのゲルマン人キンブリ族の振る舞いについて述べている。

敵［キンブリ族］は野営地を攻略し、大量の戦利品を獲得した。彼らは聞き慣れない異常な誓いにしたがい、獲得したものすべてを破壊しながら進んでいった。衣服は引き裂かれて捨て置かれ、金と銀は川へ投げ捨てられた。鎧は粉々に破壊された。馬そのものは川に溺れさせられた。人間は縄を首に巻かれて木から吊された。勝者はいかなる略奪品にも与らず、敗者はいかなる慈悲にも与らなかった。

（『異教徒反駁史』第5巻16章）

さらに、ゲルマン人は戦いの勝利と引き替えに武具や財宝のみならず敵方の兵士を生贄として神に捧げたという。生贄も破壊の一形態である。タキトゥスの『年代記』第13巻では聖なる地域にまたがるヘルムンディ族とカッティ族の境界をめぐる争いに関して、双方とも勝利の際には敵方をマルスとマーキュリーに捧げたと記されている。マルスとマーキュリーとは、ローマ人がゲルマンの神々ティウとウォーディンを自分のたち風に解釈しなおしたもの、インタープレタティオ・ロマーナである。

タキトゥスのほかにも、時代が下ってゲルマン人によるブリテン島への移住が記録されている、まさに5世紀後半にクレルモンの司教を務めたシドニウス・アポリナリウス（c. 430-489）が西ゴートの海軍大将を務める友人ノマティウスに宛ててしたためた書簡の中で、海上でのサクソン族の野蛮な習慣について触れながら友人の航海の安全を案じている箇所がある。

以上からわかるように、ゲルマン人の埋蔵や破壊の習慣には経済学や社会学を超えたなにか非合理的な動機が存在するはずである。むろんこの「なにか非合理的な動機」というのは、あくまで現代のわれわれから見て非合理的なのであって、当時のゲルマン人にとっては合理的なのである。そしてその動機とは神からの授かりものを一旦土に還すことにより宇宙の中で循環させるという世界観ではなかろうか。

　農耕的であれ、政治経済的であれ、いずれにせよふたたび稔りや勝利を授かりますようにと祈りながら手にした恵みは感謝とともにもう一度神のもとへと還される。豊穣祈願の生贄や宝物の埋蔵が大宇宙での循環だとすれば、蜜酒の間《ミード・ホール》における饗宴での宝物の分配は人間社会という小宇宙での循環と言える。しかし後者は神の代理としての王が家臣に財宝を授けるのであるから、大宇宙での循環に見立てられた聖なる行為なのである。とにかく、神またはその代理から弥栄《いやさか》が授けられ、それを受けとった人間はふたたびそれを神のもとへと還す。ゲルマン人によって宇宙という時間と空間はそういうものとしてとれえられていたにちがいない。

第4章——インタープレタティオ・ヤポニカⅢ：円環運動する世界

◉——シュナイダーのルーン文字研究

どこの世界でも秘密は大声で口にするものではない。囁いたり呟いたりするものだ。古英語にrun（ルーン）という単語がある。「神秘、魔法、秘密」を表した。これが動詞になるとrunian（ルーニアン）「囁く」になる。ギリシャにも似たような単語がある。口を大きく開けずにモソモソ、ブツブツと呟く様子に由来するmuein動詞（ムーエイン）のことだが、これよりラテン語mysteriumを経て英語のmysteryが出た。

話がゲルマンに戻るが、古英語runはだれから見て「秘密」だったのかと言えば、それはおそらくキリスト教の宣教師だろう。彼らの目にはゲルマン異教が秘儀に映ったのである。そしてゲルマン異教の神官がこの信仰のために用いていたのがルーン文字なのだ。ルーン文字はもともとゲルマン人が案出したものではなく、北イタリアでアルファベットに接したゲルマン人がそれを手本に借用した文字である。ゲルマン人のキンブリ族が紀元前102年か101年頃に北エトルリア起源の北イタリック語のアルファベットから借用したと考えられている。

先にも触れたが、キンブリ族はゲルマン人の一派で、早い時期、おそらく紀元前110年頃に天候不順に加えて高潮に襲われた故郷のユトランド半島を離れ、その後の紀元前2世紀の終わりに同じくゲルマン人のテウトニ族とともに南ガリアおよび北イタリアへ侵入した。ところが彼らは単なる難民ではなく、いわば武装難民だったのだ。そして北イタリアでエトルリア系のアルフアベットに接したと考えられている。ところがキンブリ族は紀元前102年に現在のエクス・アン・プロヴァンスにあたるアクアエ・セクスティアエでローマ軍によって壊滅的な打撃を被った。このアクアエ・セクスティアエの戦いをもって彼らは歴史の舞台から姿を消してしまうが、彼らが手に入れた文字は消えなかった。このとき生き残ったキンブリ族の一部のものは北へ帰り、その途中でゲルマン民族の全部族にルーン文字の知識を普及させたようである。

ルーン文字はゲルマン人のかつての居住地で発掘される粘土、木、骨、金属などでできた各種工芸品のほか墓石に彫られている。また古英詩にはローマン・アルファベットのなかにルーン文字を散在させて記した詩も残っている。現在、コペンハーゲンの国立博物館にたくさん展示されているように、大きな墓石などに彫られたルーン文字はそこに埋葬された人物の名前を記しただけのものも多いが、それ以外の場合にはゲルマン人の信仰がルーン文字によって書き留められていたものも多いと考えられる。その点においてルーン文字は宗教文字としての機能をもっており、このことはローマン・アルファベットがキリスト教とともに西ヨーロッパに伝播したとはいえ、文字そのものはキリスト教の思想とは関連していないという事実とは対照的である。

ルーン文字についてのこのようなことは以前からもだいたい知られていた。しかし宗教文字としてのルーン文字がどのように機能したのかについて、ついに明らかにしてしまったのがカール・シュナイダーの『ゲルマン語ルーン文字名称記憶詩研究』(1956年)である。ローマン・アルファベットを学んでもキリスト教や西洋人の精神はわからないが、ルーン文字を知ればゲルマン人の精神世界を垣間見ることができる。シュナイダーによる研究はそんなことを可能にしてしまったのだ。本書「まえがき」で折口信夫とシュナイダーは「古人《いにしえびと》の神を見てしまった」と記したが、シュナイダーはゲルマンの神官が駆使したルーン文字のシステムをものの見事に解明してしまったのである。以下、シュナイダーの同書にしたがって若干のルーン文字に目を向けてみたい。

われわれになじみ深いローマ字は最初の2文字の元の呼び名であるアルファとベータからアルファベットと呼ばれるが、ルーン文字の配列は最初の6文字からフサーク（fuþark）と呼ばれる。初期のゲルマン全部族に知られていた共通ゲルマン配列（750年頃まで）は24文字からなる（図16を参照）。

個別の文字に目を向けると、これがもっとも大事なことなのだが、この文字には表音文字と表意文字という2つの機能が備わっていたということである。漢字にたとえて言えば「音読み」と「訓読み」の存在である。つまり漢字と似ている部分があったのだ。表音文字としては、その文字は名称の最初の音を表した。一方で、表意文字としては各文字に与えられた意味はゲルマンの信仰に根差した世界観を表していた。その例としてᚠ（feoh フェオホ）をあげると、表音文字としては[f]の音価をもつ一方で、表意文字としては「家畜、財産」の意味（概念価）が与えられている。

この概念価をいうものを頭に入れてフサークの配列を眺めてみると、24文字は概念価によって8文字ずつからなる3つのグループに分けられる。つまり、第1グループは家畜（富）の所有など、主として地上にかかわる意味をもち、第2グループは太陽の車や「父なる天」など、主とし

		OE名称	音価	文字の形	意味	象徴的な意味
1.	ᚠ	feoh	f	牛の頭の形から。	家畜（の所有）	金、富。
2.	ᚢ	ūr	ū	世界柱と液体の流れる様子。	露、精液	（原初神の）精液。
3.	ᚦ	Þorn	Þ	大きな槌、勃起した男の性器。	強さ、力	Donar/Thorr神（繁殖の神として）
4.	ᚨ	ōs	a	風になびくマントとつば広の帽子。	Ase神	Wōden/Oðinn神（大気の神、嵐の神）
5.	ᚱ	rād	r	車輪の形から。	馬車	太陽の馬車
6.	ᚲ	cen	k	煙の形から。	焚木、松の木	火葬
7.	ᚷ	gyfu	g	の省略で屋根。	客への贈物	もてなし
8.	ᚹ	wynn	w	一族の旗の形から。	一族（の成員）	
9.	ᚺ	hægl	χ	原初両極より生れた生命体。	卵、睾丸	世界卵、原初神（原初巨人、原初大工）
10.	ᚾ	nȳd	n	火鑽りの鑽木とひも。	摩擦するもの	浄めの火、男性性器
11.	ᛁ	īs	ī	氷柱。	氷	宇宙の原初物質
12.	ᛃ	gēr	j	原初神。世界卵が割れた形。	収穫、収穫物	収穫月の8月
13.	ᛈ	peorð	p	サイコロの筒の形。	サイ筒	全能の運命
14.	ᛇ	ēoh	ē	水松《いちい》の木の形から。	水松《いちい》の木	世界木、生命の木
15.	ᛉ	eolhx	z	白鳥の飛ぶ姿から。	白鳥	Wōdenに従うヴァルキュール
16.	ᛊ	sigel	s	車輪の形から。	太陽	農耕上崇拝された太陽。
17.	ᛏ	tīw	t	槍の穂先の形から。	天の神	輝くものZiu/Tyr神（天の神、戦いの神）
18.	ᛒ	beorc	b	母の乳房の形から。	シラカバ	母なる大地
19.	ᛖ	eh	e	向き合った2頭の馬。	2頭の馬	若い兄弟神（BaldrとFreyr）
20.	ᛗ	man	m	天と地の組み合わせ。	子を生む者	父なる天
21.	ᛚ	lagu	l	波の形から。	海	船葬
22.	ᛜ	ing	η	男性の陰毛の形から。	生殖の神	地の神Ing（「母なる大地」の配偶者）
23.	ᛞ	dæg	đ	2つの星の形から。	明けの明星、宵の明星	若い兄弟神（BaldrとFreyr）
24.	ᛟ	ēþel	ō	垣根で囲まれた所有地。	相続財産	土地の所有、世襲地

図16　ルーン文字の音と意味

て天上のこと、第3グループは主に原初存在神に代表される宇宙や運命に関する意味をもっているという（図17を参照）。

◉——収穫と運命

それだけではない。フサークの配列は、1番目と24番目、2番目と23番目のように互いに密接に関連しあう文字が同心円状に来るように配置されていたというのだ。すると、円の中心に行くほど概念の価値は高くなり、真ん中に配置されているのは ᛄ（gēr イエール、「収穫」）と ᛈ（peorð ペオルズ、「運命」）であることがわかる。つまり、この2つこそ農耕民としてのゲルマン人がもっとも大事であると考えていた概念であるといえる（図18を参照）。

漢字の「年」が稲穂と関連していたように、農耕の民であるゲルマン人も季節の巡りと収穫を関連さ

第1グループ：おもに地上のこと						
1.	ᚠ	家畜の所有、富み	24.	ᛟ	世襲地	：地上の生存の物質的基礎
2.	ᚢ	精液	23.	ᛞ	回春の神	：動植物の繁殖に関係
3.	ᚦ	結婚による生殖	22.	ᛜ	生殖	：人間の生殖に関係
4.	ᚨ	死の神	21.	ᛚ	船葬	：生命の終わりと彼岸に関係
第2グループ：おもに天上のこと						
5.	ᚱ	太陽の車	20.	ᛗ	父なる天	：いずれも光り輝く
6.	ᚲ	火葬	19.	ᛖ	救難の神	：彼岸・明るい
7.	ᚷ	客の饗応	18.	ᛒ	母なる大地	：与えることに関係
8.	ᚹ	戦闘単位としての氏族	17.	ᛏ	天の神なる軍神	：戦闘に関係
第3グループ：おもに宇宙、運命に関係する						
9.	ᚾ	浄めの火	16.	ᛊ	農業的に崇拝された太陽	：いずれも熱に関係
10.	ᛁ	氷	15.	ᛉ	死の女神たち	：いずれも冷に関係
11.	ᚺ	原初神、原初の全体性	14.	ᛇ	宇宙木、生命木	：原初生命に関係
12.	ᛃ	収穫	13.	ᛈ	全能の運命	：農耕敵生活の最高価値

図17　ルーン文字の3つのグループ

せて捉えていたことがルーン文字から推測される。シュナイダーの解釈によれば、ゲルマン人は季節の循環と収穫をたんに関連させていただけでなく、彼らの世界観の中心をなすもっとも重要な概念として理解していたという。そのことは「収穫」を意味する文字ᛃがルーン文字24文字配列の中で中心に据えられた2つの文字のうちの一つであることからわかる。

ᛃは『ルーン文字名称記憶詩』の12番目のスタンザにあらわれる。

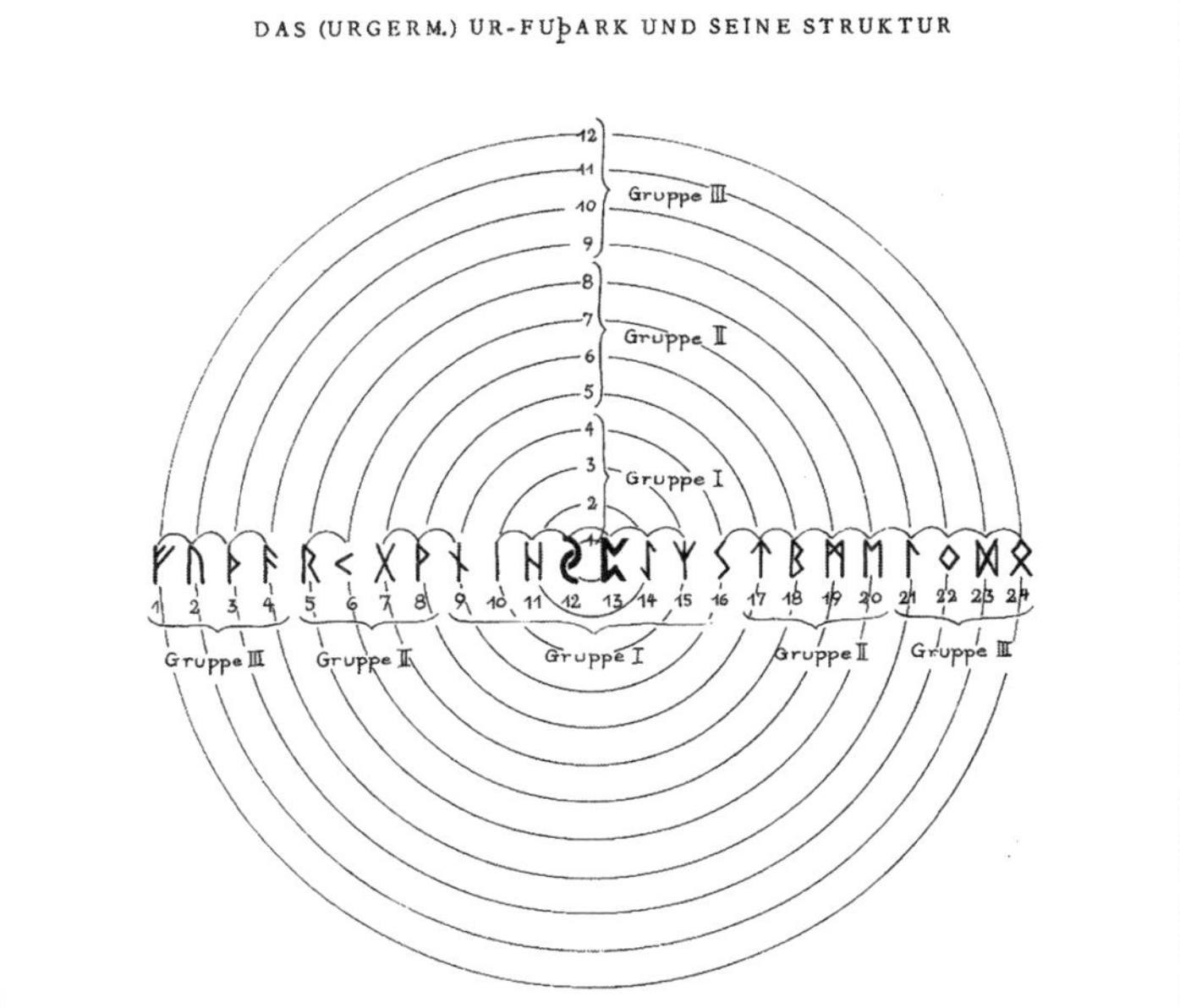

図18　ルーン文字の配列構造

ᛇ（イェール、「収穫」）は人々の喜び、欠けることなき天の王
神が大地にもたらすならば
富むものにも富まぬ者にも黄金色の穀物を

(67-72)

ここでは収穫は、神が人間へともたらしてくれるものであると考えられているところが大事である。それは、ルーン文字は宗教文字であるゆえんである。そしてᛇの字形について説明するにあたり、シュナイダーは先に見た地力回復のおまじない『エカボート』を参照する。

全きたれ、広がった大地よ、人々の母よ
神に抱かれ、その腹は大きくなれ
稔りに満ちて人々の恵みとなれ

(59-61)

ここで「母なる大地」を抱擁する相手の神は何なのかといえば、シュナイダーは古代ギリシャで「母なる大地」ガイアと結婚したオイラノスに違いないと考える。なぜならばオイラノスは「豊穣をもたらすもの、湿らせるもの」だからである。したがって先の『エカボート』では「母なる

大地」を抱擁するのは「父なる天」になる。これよりᚺの字形は「父なる天」と「母なる大地」が抱擁する姿を描いたものであるという。

原初存在神にまつわる卵神話で語られていたように、欠けることなき、つまり完全な（古英語hal／近代英語whole）形のハガルは、「父なる天」と「母なる大地」へと上下に分かれることと、ふたたび一体となることを繰り返す。ゲルマン人にとって、一年という時間は「父なる天」と「母なる大地」の一体化、分割、そして一体化という繰り返しの中でループを描きながら巡っていく。したがって農耕という営みの中ではっきり目に見えてリアルに一年を感じられるのは、神聖結婚の結果としての稔を刈り取る収穫時である。春は世界がもっとも原初存在神の力に満ちたときだから、大地から緑が萌え出る。そして植物が成長し、収穫の秋となり、その後には世界の力が弱まる冬となる。こうして一年が巡るとふたたび春がやってくる。

近代英語で「年《ネン》」を意味するyearはᛃ（gēr イェール）に由来するが、以上のことよりyearの「年」という意味は二次的なものであり、一時的な意味はあくまで「収穫」であったことがわかる。「稔《ネン》」なのだ。ᚺは8月のシンボルでもあった。

農耕の民ならだれでも知っていることがある。収穫は天候しだいだということである。いくら春先から勤勉に働いても、収穫前の嵐によってそれまでの苦労が水泡に帰すこともある。ゲルマン人がルーン文字の24文字配列の中で表現した世界観の中心をなすもう一つの文字は「運命」という意味を与えられたᛈ（peorð ペオルズ）である。ゲルマン人は「運命」という目に見えず、予測不可能な不気味な力を回転するサイコロによって表象したようだ。なぜサイコロかと言えば、彼らにはサイコロがよほど身近な存在だったからである。もちろんサイコロ賭博の話である。これに関するタキトゥスの報告はじつに興味深い。

驚かれるかもしれないが、サイコロは、しらふの時間に真面目な娯楽のひとつとして彼ら［ゲルマン人］はこれを行う。勝っても負けても、すべてのものを失ったときには、彼らは最後の一擲に自らの身の自由をも賭してしまうほどの無鉄砲さである。敗者はすすんで奴隷となる。若かろうが強かろうが、身を縛られて売りに出されるのを我慢する。これが不道徳な行いに対する彼らの執着なのである。これをかれらは信義と呼ぶのだが。

（『ゲルマーニア』24章）

ゲルマン人のサイコロ狂いについてはなにもローマ人の手を借りなくても古英詩の中にも触れられている。

サイコロの前に2人は座す、　2人の窮乏が消え去る限り
過酷な定めを忘れ、盤上に喜びを見出す
サイコロが投げられるとき、博徒の手は手持ちぶさた

（『格言詩Ⅰ』181-183）

そして驚くべきことに彼らの博打好きは後代の修道院の中でも変わらなかったようなのだ。その証拠にエドガー王（944-975）がサイコロ博打に精を出す聖職者たちを叱責する文書が残されている――「司祭は猟師にあらず、鷹匠にあらず、またサイコロ賭博師にもあらず。さにあらず、自らの地位にふさわしい書物に耽るべし。」

人間の運命を決定するサイコロもまた、季節の循環と同様に、回転運動のなせるわざと言える。そういえば古英語で「運命」を表すことばのwyrd（ウィルド）は語源的に「回転」という意味をもっていた。近代英語では「行く」を表す動詞goはgo–went–goneという不規則変化をすると教えられる。そしてこの一見してgoとは別系統のことばであると思われる過去形のwentが「運命」を意味するwyrdと同根語なのである。

これら2つの単語はもとはといえば印欧祖語の語根*wert-に由来すると予想されているが、この語根こそが「回転する」を意味していた。そして*wert-から派生した古英語wendan「回転する、くるっと回る」（中英語ではwend）の過去形がwentであったが、これが15世紀頃に南部の英語においてgoの過去形として用いられるようになったようである。

「運命」を表すwyrdに話を戻すと、これは北欧神話に登場する運命の三女神のうちの古ノルド語Urðr（ウルズル）に相当する。ほかの二柱はVerðandi（ヴェルザンディ）とSkuld（スクルド）で、三柱は総称としてMornir（モルニル）と呼ばれる。印欧語族の神話では運命は三柱の女神たちによって決定されると考えられていて、それはたとえばギリシャならそれぞれClotho（クロートー）、Lachesis（ラケシス）、Atropos（アトロポス）のことで三女神の総称としてはMoirai（モイライ）と呼ばれたし、ローマではそれぞれはNona（ノーナ）、Decima（デキマ）、Morta（モルタ）、そして総称としてはParcae（パルカエ）として知られていた。

シュナイダーはゲルマン人が夢中になっていたサイコロ賭博と関連させて、これら北欧神話の三女神の名称について語源的に解明した。まずサイコロ賭博の第1段階として、博徒の手により投擲されたサイコロは壺の中で回転しているだろう。その様子が印欧祖語の語根*wert-から作られた女性形の現在分詞Verðandiであるという。Verðandiはサイコロがまさにくるくる回転している様を表しているのだ。次にそのサイコロは座布団の上に落下すると同時に回転が停止する。この回転が停止した瞬間を言い表すのが*wert-をそのままの語形で抽象名詞化した単語に由来する古ノルド語Urðrや古英語wyrdだという。したがってこの女神の意味は「回転」である。同じ回転でもVerðandiは空中でくるくる回転しているところなので現在分詞形をとり、一方でUrð / wyrdは停止した瞬間なので動きを表すことのない抽象名詞形なのである。

さて、サイコロの回転が停止することにより目が決まる。そして博徒が壺の中を開陳すると同時に運命も決まるわけである。だいたいの勝負は大方の負けというのが相場であろう。するとあとに残るのは借金なのだが、三柱目の女神の名称Skuldは「負債」という意味をもつ。近代英語の助動詞shouldはこの名称と同語源であるが、負債は支払わなければならないものであるから、それより「〜するべき」という義務の意味が出ているのである。

「運命」を象徴するルーン文字ᛈ(ペオルズ)の語形についてシュナイダーはサイコロ壺を横向きにしたものだと考えている。

とにかく収穫にせよ運命にせよ、人間が生きることと相即不離の関係にあるものをゲルマン人は回転運動と関連させて捉えていたことがよくわかる。

◉——ルーン文字を用いた祭儀

このようにルーン文字はただの文字とか記号ではなく、ゲルマン人の精神世界の写し絵として存在していた。そして、そのゲルマン人の精神世界は断片としていまもなお英語の本来語を通して英米人の精神の基層部分にほとんど意識されることなく存在しているのである。たとえば近代英語のread「読む」とドイツ語のraten「アドバイスする」は同語源だが、なぜ意味が異なっているのか。ratenには「言い当てる」という意味もある。同じようなことが近代英語のwrite「書く」とドイツ語のritzen「引っ掻く」のあいだにも言える。このような問題について再びタキトゥスの報告がヒントを与えてくれる。

彼ら［ゲルマン人］はどの民族にも劣らず占いと、くじに多大な関心を払う。くじ引きの方法は決まっている。実のなる木から枝が切り取られ、小片にする。小片の一枚一枚はある印をつけて区別される。そしてそれらを白い布の上にでたらめにまき散らす。その後、人々のことに関して知りたい場合には共同体の神官が、身内のことなら家族の父が、祈りの後に空の方に顔を向けて、一枚取り上げ、これを三度くり返す。そしてあらかじめ刻んでおいた印にしたがって意味を読み取る。

（『ゲルマーニア』第10章）

シュナイダーはこの報告から次のことを導き出した。

（1）ルーン文字を用いる祭儀があった。
神官への言及があり、神への祈り、天を仰ぎ見てルーン文字が刻印された複数の木片を拾い上げる。

（2）くじ占いで使用されるそれぞれのルーン文字には特定の概念価が付されていた。
このことは、言語的に明確に概念を規定する文字名称が、それぞれのルーン文字に存在していてはじめて可能となる。たとえ後世に文字名称が伝えられたとしても、その名称は古い時代から存在していたはずである。

（3）神官はくじ占いから得られる助言により神意を読み取った。

read はもともと「助言を読み取り、忠告する」ことを意味していた。したがってドイツ語の raten「アドバイスする、言い当てる」の方が read よりも古い意味を保っていると考えられる。read の古英語形 rǣdan（レーダン）の本来の意味は、複数の木片に刻まれたルーン文字を組み合わせて「判読、解釈し」、それにもとづいて神意を「忠告、勧告、預言する」ことであった。このように read はルーン文字によって伝えられる神意を「解釈、察知する」ことから、ゲルマン人がキリスト教に改宗後はラテン語の文字を単に「読む」へと意味が拡がった。

（4）神官は順次3度木片を拾い上げた。

（5）ルーン文字は実を付ける木の枝から作られた木片に彫られた。

ルーン文字の形は縦棒、斜め棒からなり角張っていて、横棒を使われることがない。このような形態上の特徴は、ルーン文字はもともと木片に彫られたことに由来すると考えられる。つまり、ルーン文字は本来的に木片を利用するくじ占いのための文字だった。したがって金属や石などの別の材料にルーン文字を彫ることは二次的な用途であると考えられる。write はもともと「引っ掻く」の意味だった。

（6）1本のくじ棒には1つのルーン文字が彫られた。

くじ棒にはとりわけブナの木（beech / ドイツ語 Buche ブッヒェ）が用いられたようで、ドイツ語では現在でも「文字」のことを Buchstaben（ブッフシュターベン）というが、直訳すると「ブナ（Buche）の棒（Stab）」で、ルーン文字がブナの木に刻まれた名残である。このブナと同じ語源の単語にbookがある。文字が書かれるもののことである。

◉――『ルーン文字名称記憶詩』に見る「まれびと」と円環的世界観

以上のようなシュナイダーによるルーン文字の解釈にもとづいて、ここからは『ルーン文字名称記憶詩』および英雄詩『ベーオウルフ』に見られる円環的世界観に目を向けてみよう。

ルーン文字それぞれの文字名称は碑文からはわからない。写本に残された『文字名称記憶詩』からわかり、またその表意文字としての意味が理解される。『ルーン文字名称記憶詩』は4種類存在する。（1）古英語の名称記憶詩（7世紀後半から8世紀前半）、（2）古ノルウェー語の名称記憶詩（12世紀または13世紀）、（3）古アイスランド語の名称記憶詩（1400年頃）、（4）『ノルド語初歩』（801―890年のザンクト・ガレン写本）である。

文字名称記憶詩ではルーン文字名称がすべてあげられており、その名称の概念価、つまり意味内容がパラフレーズされて詩の形式で言い換えられている。しかし曖昧な暗示しか与えられていないことが多く、その意味解釈はきわめて困難である。ここではᚠ（feoh フェオホ「家畜（の所有）」）、ᛟ（epel エゼル「相続財産、世襲地」）、ᚷ（gyfu イフ「贈り物、もてなし」）の3文字がゲルマン人の円環的世界観と関連するものであると思われるため、以下にそれぞれのスタンザを引用してみたい。

ᚠ（フェオホ「家畜（の所有）」）はだれにとっても喜びだ。
しかしそれでも、もし人が神の御前で名誉に預かりたいと望むなら、
気前よく家畜を分け与えるべきである。（1-4）

じつは、ここでは人生の全盛期と晩年あるいは死がテーマとなっていて、全盛期の蓄えは晩年において親戚などに気前よく分配すれば、神の御前で名誉を得ることができるだろうという一種の人生訓がうたわれていると考えるのがよさそうである。

後半の内容を財産を持たないことが神の御前での名誉につながると解釈すると、後のキリスト教的な改変と言えなくもないが、とにかく生きているうちに得た恵みは死ぬ前に分配してこの世で循環させるという考えは、聖王としてのゲルマンの王が臣下に財宝を分配する習俗と相通じるものがある。したがって、財宝の分配を単なる経済行為としてではなく宗教的儀式であるととらえれば、シュナイダーが予想したように、ᚠの字形はネルトゥスの祭儀でも使われた雌牛の頭部を横から見た姿にもとづくと解釈するのは筋が通っていると思われる。

次にᛟのスタンザを見てみよう。

ᛟ（エゼル「相続財産、世襲地」）はだれにとってもだいじなもの。
だれでも習慣と規則にしたがって世襲地から収穫された作物を食することができるならば。

（71-73）

このスタンザは、主君の世襲地で収穫された稔りを宴の場で臣下や客人に分け与えている模様をうたっていると理解される。神から与えられた大地の稔りを多くの人々に宴の形で分配して消費し、つまりこの世に循環させるのである。しかも「習慣と規則にしたがって」循環させる。おそらくそういう風習が先祖代々伝わっていたのだろう。そうすることにより、来年のさらなる収穫を期待するのである。なお、ᛟの字形は生け垣に囲われた土地を図象化したものであるとシュナイダーは考えている。

円環的世界観が反映されているかもしれないスタンザがもうひとつ存在する。

ᚷイフ「贈り物、もてなし」）は人々にとって誇り、賞賛、支えと誉れ。
ほかの物に事欠く追放者にとっては慰めであり助けである。

（19-21）

このスタンザはゲルマン人による客人へのもてなしについてうたったものと解釈されるが、タキトゥスの『ゲルマーニア』においてのみならず、シーザーの『ガリア戦記』においてももてなしの風習が記録されていることを見ると、ゲルマン人の客人に対するもてなし方はローマ人の目にはよほど特筆すべきものとして映ったに違いない。

タキトゥスが「(ゲルマン人は)宴やもてなしにおいてほかの民族よりも物惜しみをしない。いかなる人に対しても扉を閉めることは犯罪なのである」(第21章)と書き留めているように、とにかくゲルマン人は社会から追放された者を含むいかなる訪問者に対しても団らんと手厚いもてなしを提供したというし、またシーザーが「ゲルマン人は客人を侮辱することを不正義であると考えている。いかなる理由であれ、客人を危害から守り、客人を聖なる存在と見なす。客人には家のすべての扉は開け放たれていて、食べ物をともに分け合うのだ」(第23章)と記しているところからすると、そのような客人を粗末に扱うことは掟に反する行為と考えられていたようである。

Xのスタンザではローマ人によるこのような観察内容がほぼそのままうたわれている。Xの字形は客人を迎え入れる家の屋根の先端部を表す。さながら日本の神社の千木のように、日本の角状のものが突出しているが、それらは「若い兄弟神」を象徴する2頭の馬を表す。これは現在も北ドイツの家屋の屋根に見られるものである。

そして『ルーン文字名称記憶詩』にはないが、ここでの議論にとって決定的に重要なことが『ゲルマーニア』には言及されている。「別れ行く客人が願い事を口にしたら、それを叶えてやるのが習慣である」(第21章)というものである。すでに概観したように、日本の村々に年の節目ごとにやってくる祖先の訪問霊を折口信夫は「まれびと」と称した。おそらくゲルマン人が客人を手厚くもてなすという習慣の背景には、ゲルマン人も客人を「まれびと」と見なす世界観が存在していたのであろう。シーザーの『ガリア戦記』では「客人を聖なる存在と見なす」と記されていたではないか。

北海ゲルマン人の氏神、ネルトゥスも海の向こうからやって来て、人々はこの神を手厚くもてなした。英語の「魂」を表すsoul（古英語 sawal、ドイツ語 Seele）の語源「海に属するもの」が示すように、北海ゲルマン人にとって魂は海の彼方からやって来たのである。客人はすなわち来訪神であるからこそ、ゲルマン人は別れ際まで極めて丁重にもてなして海の彼方へと送り返したのである。

◉——英雄詩『ベーオウルフ』

『ベーオウルフ』はこれまでも本書で何度か引用している古英詩だが、そもそもどのような文献なのかについて手短に触れておかなければならない。

デンマーク国立古文書館館長のグリムール・ヨンソン・トルケリン（1752-1829）がブリテン島と周辺各地に残るデンマーク関連の文書を記録、収集するためにイギリスに滞在していたのは1786年から1791年の間であった。これは国王クリスティアン七世により命じられた学術事業であった。当時のデンマークでは中世におけるバルト海や北海での自国のプレゼンスを探し求めるための古文書研究が行われていたのである。中世のあいだバルト海を牛耳っていたのはヴァイキングの商人であったが、12世紀に北ドイツの商人がハンザ同盟を結成して以来、バルト海は対立の海になっていた。その間も文字通り「商の港」として栄えたのがコペンハーゲンである。

コペンハーゲン大学欽定古文書講座の教授でもあったトルケリンは、大英博物館でコットン写本に綴じられたすべての写本からデンマーク人に関する文書を探索していた最中、「デーン人の歴史」に分類された文書の存在を知った。じつはこの文書は、その冒頭に登場する人物が物語の主人公と同名だが別人のデーン人であったため、18世紀初めの古文書学者ハンフリー・ウォンレイ(1672-1726)が「デーン人の歴史」として分類していたにすぎない。しかしこれが幸いしてデンマークの古《いにしえ》を探し求めていたトルケリンの目に留まり、写本を書写して1815年に「デンマークの歴史に関する詩」として初版を刊行したのである。英語のもっとも古い形態である古英語で記されていたにもかかわらず、それまでこの英雄詩の刊本を作ろうと思い立ったイギリス人は一人もいなかった。

その英雄詩『ベーオウルフ』は英語のみならずゲルマン諸語の中で最古の叙事詩と見なされている。同詩の成立は研究者によって7世紀頃から12世紀頃までさまざまな年代が予想されている。『ベーオウルフ』は、英雄ベーオウルフがくりひろげる三つの物語を中心に構成されている。はじめの二つはデネ(デンマーク)の国のフロースガール王の宮廷が舞台となっている。フロースガール王の治世になってから、夜な夜な近くの沼沢から怪物グレンデルが現れては廷臣を襲う事件が相次ぐようになる。そこへイェーアトの国(スウェーデン南部)から助太刀にやってきたのがベーオウルフで、この英雄の超人的な力のおかげでグレンデルは見事に退治される。すると次にグレンデルの母なるものがわが子の仇を討つためにフロースガール王の宮廷を襲うようになる。そこでもう一度ベーオウルフが大活躍をし、デネの国に平和をもたらす。ここで舞台はベーオウルフのイェーアトへ移る。英雄ベーオウルフはイェーアトへ凱旋帰国した後、王位を譲り受けて長らく善政を敷き、平和な日々が続いていた。そして、もはやベーオウルフの最晩年にさしかかった頃、そこへ現れたのが塚の中で宝物を守っているという火竜であった。ベーオウルフ王はこれが自身の最後の戦いになる予感を胸に抱きながら竜退治に赴く。そして一騎打ちの末に宝を取り戻すが、竜と相打ちしたときに負った傷が致命傷となり、廷臣が見守るなか息を引き取る。

だいたい以上のような物語は、古代ゲルマン人の世界観や主と従者からなるゲルマン的な武士社会《コミタートゥス》のあり方、そして彼らが身につけていた武具に関する考古学的情報など、イギリス人を含むゲルマン人の祖先についての汲めども尽きぬ貴重な知識の宝庫となっていて、トルケリン以来、多くの研究者がさまざまな角度から考究を加えてきた。しかしここでは、これまでさほど注目されてこなかったが重要な問題のうち、2つを取り上げてみたい。1つは物語の冒頭に語られる赤子の名前について、そしてもう1つはデネ王家の王位継承の問題である。

◉——『ベーオウルフ』冒頭の謎

『ベーオウルフ』を読むたびに、冒頭から何となく腑に落ちないものがあって、それが3182行続くのがつねであった。これまで何度も繰り返し読んでいるけれど、いつも何か喉に骨が引っ掛かったような、そんな違和感が残っていた。その骨とは原文始まりの4行目のことで、ある日寄る辺なき赤子が小舟に乗せられ、とある岸にたどり着いたと語られている。その赤子はスケーフの息子（Scēfing）のスキュルド（Scyld）という名で、親にあたるスケーフの名は「穀物の束」を表す古英語 scēaf に由来すると解されている。「穀物の束の息子」とはどういう意味なのであろうか。デンマーク王家の祖と穀物とはいかなる関連があるのだろうか。またスキュルドは何を意味するのか。

物語の始まりとはそういうもので、桃太郎だってある日突然になんの前触れもなくどんぶらこと流れてくるではないか。そうではあるが、赤子の出現の仕方にせよ、その名前の付け方にせよあまりに唐突な印象を与えるのである。

ではその冒頭に目を向けてみよう。

いざ聴き給え、過ぎ去りし日の槍の誉れ高きデネ人《びと》の王が勲《いさおし》は、
貴人《あてびと》らが天晴《あっぱ》れの勇武の振舞をなせし次第は、

語り継がれてわれらが耳に及ぶところとなった。
　スケーフの息子スキュルドは、初めに寄る辺《べ》なき身にて
見出されて後、しばしば敵の軍勢より、
数多《あまた》の民より、蜜酒《みつざけ》の席を奪い取り、軍人《いくさびと》らの心胆を
寒からしめた、彼はやがてかつての不幸への慰めを見出した。
すなわち、天《あま》が下に栄え、栄光に充ちて時めき、
ついには四隣のなべての民が
鯨《いさな》の泳ぐあたりを越えて彼に靡《なび》き、
貢《みつ》ぎを献ずるに至ったのである。げに優れたる君主であった。

（『ベーオウルフ』1-11、忍足欣四郎訳、織田改変）

くり返しになるが、同詩の冒頭部には（1）くだんの赤子はなぜ「穀物の束の息子」なのか、（2）スキュルドという名は何を意味するのか、（3）彼はなぜ赤子のまま小舟に乗って漂着したのか、（4）捨て子のように漂着した人物がなぜ周辺諸国を平定したのか、という問題が内包されているわけである。

　この赤子のエピソードを裏付ける史料が存在する。ウィリアム・オブ・モームズベリー（c.1095-c.1143）の『英国王の事績』（1125）である。

ベーアウはスケディの子、スケディはスケーフの子。スケーフはスカンフタという名のドイツの島に漂着せしことは認められているが如し。…付き人もなきまま小舟に一人乗せられ、その赤子は穀物を枕にして眠り給いき。かくしてその子はスケーフと名付けられり。この風変わりなる姿がため、土地の諸人により引き取られ、だいじに育てられ、長じて後にはシュレスヴィヒと呼ばれし邑落、いまのハイタビーを治め給いき。この邑は元のアングリアと呼ばれたり。サクソン族とゴート族の地の最中に位置するこの邑落よりアングル族はブリテン島へと来たり。

赤子の系譜に関してウィリアムの記述と『ベーオウルフ』のそれのあいだには齟齬がある。前者では赤子がスケーフとされているが、後者の赤子はスケーフの息子のスキュルドになっている。後者の方が一世代分後ろにずれているのである。このような系譜上のずれは歴史書には珍しいことではない。そこでカール・シュナイダーが『英国王の事績』のほかにエセルウェアルド（d. c. 998）の『年代記』や『アングロ・サクソン年代記』B写本、古英語『ルーン文字名称記憶詩』のイングのスタンザ、ならびに詩のエッダ『ロキの口論』から得られる情報を元にしてスキュルディング王家の系譜を再建しているので、それを参照してみよう。

それによると、スケーフは地の神イングの別名であり、その次の代にスキュルドが位置するが、スキュルドはイングと「母なる大地」のあいだに生まれた若い兄弟神のうちの1人である。もう

1人は長男の天の神と「母なる大地」のあいだに生まれる。これらの兄弟神は戦争や海難時の災難救助の神として崇められていた。イングと「母なる大地」のあいだに生まれたこの息子はブリテン島でアングロ・サクソン人たちによってスキュルドScyldとかガールムンドGārmundと呼ばれていた。前者は「楯」、後者は「槍による守り手」という意味であるから、まさに戦場での守護神だったのである。

つまり『ベーオウルフ』冒頭に語られる赤子とはイングの子のことだったのである。すでに見たように、後にブリテン島へ移住するアングル族、サクソン族、ジュート族は北海ゲルマン人とかイングヴェォネンと呼ばれた人たちであった。イングヴェォネンは「イングの友」とか「イングの氏子」という意味である。そのイングの息子が穀物を枕にして小舟に乗せられ、北海ゲルマン人のふるさとであるユトランド半島のシュレスヴィヒへ漂着するのである。そうであるからこそ、まさに神の子《ヴンダー・キント》として「土地の諸人により引き取られ、だいじに育てられ」たのだ。

この赤子はイングの息子であるからやはり神にちがいない。ということは折口信夫にならって解釈すれば、この赤子は「まれびと」とも言える。とはいえ、一時的な来訪神ではない。すでに見たように、もともと旧正月の頃に常世の国から来臨した「まれびと」はいまでも日本人のもとへやって来る。秋田県の男鹿半島を中心に伝わるなまはげである。なまはげと言えば「泣く子はいねがー」と言いながら各戸を訪れる怖い鬼のような顔を思い起こすが、じつは藁でできた蓑で覆われている。

どういうわけか異界との橋渡し役は体を嚢で覆われていたり、頭をかぶり物で覆っていたりする。ヨーロッパのおとぎ話などに描かれる男の子はたいてい三角の頭巾を被っているし、そういえばキリスト教の修道士の僧衣にもフードがついている。頭巾は日本の昔話にも登場する。被ると鳥のさえずりを理解できるようになる聞き耳頭巾のことである。どうやら頭巾には神秘的な力があるようだ。頭巾を被ると人間がふだん生きている俗世と異界の間に精神的な意味で交通が可能になると考えられていたのかもしれない。だとすると、修道士のフードも単なる防寒具を超えたものといえる。

子供は大人よりも神に近い生き物であるといえるし、その子供の前段階といえる胎児ともなれば、まさに胎内という異界の住民である。イギリスのエリザベス朝時代に活躍したシェイクスピアの同時代人、ベン・ジョンソン（1572-1637）に『アルケミスト』（1610）という作品があるが、そこでフェイスなる人物が友達を賭け事に誘いながら、「お前は頭に羊膜《コール》をのせて産まれてきた。」（I, ii, 128）と言う。頭に胞衣《えな》を被ったまま産まれてきた子供は幸運だから、一緒に賭け事をやってみないかとそそのかしている場面である。

胎児は母胎の中で羊水に浮かんで生命の初期を過ごすが、羊水の中にありながら生命を維持することができるのは母胎の胎盤から伸びた臍帯を通して酸素と栄養が届けられるからである。今日のように医学が発達する以前の人々も胎盤が重要であることを知っていたにちがいない。そこで胎盤こそが胎児の命の守り手であると考えられたのであろう。

普通なら胎盤は後産で排出されるものだが、ときとしてその一部が胎児の身体に絡まったまま胎児とともに排出されることがある。これを胞衣《えな》あるいは羊膜と呼ぶ。命を守っていた胞衣を纏って生まれた赤ん坊は幸運の星の下に産まれたと考えられたであろうことは容易に想像できる。その子は何か特別な存在として迎えられたとしても当然かもしれない。

ここにおいてスキュルドがその上に寝かせられていた穀物の束と胎盤、そして「まれびと」が一直線につながるのである。穀物の束は胎盤のシンボルなのであり、それを身につけて生まれてきた子は異界からの来訪神と考えられたのだ。「まれびと」は新年を迎える日本人に幸《さち》をもたらすために来臨する。一方で、イングからはスケーフを経て王家に伝わるヘール、すなわち弥栄《いやさか》が相続される。ヘールこそがその時々の王の正統性《レジティマシー》と力強さの証なのである。それなのにデンマーク王家ではフロースガールの代になって災いが襲うようになる。ヘールが衰えてしまったのだ。『ベーオウルフ』の冒頭にはこのような神話的アナロジーが響き渡るほどの古代性が垣間見られるのである。

◉――『ベーオウルフ』に見る円環的世界観

これまで見てきた『ベーオウルフ』冒頭の序詩はいわば神話時代の物語であった。そしてこの後に続くのが歴史時代の話である。イングの息子スキュルドの後に同詩の主人公と同名別人のベーオウルフ、そしてその子のヘアルフデネという王が続き、ヘアルフデネの後を継いだのがその長男のヘオロガールで、その後には次男のフロースガールが王位を継承した。ヘアルフデネの父はイングの息子スキュルドであるから神だが、母はデンマーク人であるから人間であった。したがってこの2人のあいだに生まれた子はヘアルフデネHealfdene、すなわち「デーン人のハーフ」なのである。ということは、このヘアルフデネの次の世代であるフロースガール王から歴史時代へと入ることになる。

かくして舞台はフロースガール王治下のデネの国。いまこの国は怪物グレンデルによる夜毎の襲撃に悩まされている。そこへイェーアトの国から助太刀にやってきたのが主人公のベーオウルフ。そして怪物退治の後、ベーオウルフの武勲に対する報償の品としてフロースガール王は、ゲルマン武士社会の慣習にしたがい、ベーオウルフに武具甲冑から宝玉にいたるまでさまざまな品々を持ち帰らせた。祖国イェーアトのヒイェラーク王のもとへ凱旋したベーオウルフは、まず王にこれらの品々を献上する。その際、眼前の鎖鎧の来歴についてフロースガール王から伝えるよう言われた話を報告する。

［フロースガール王曰く］スキュルディングの王ヘオロガール公が
その鎖鎧を長きにわたり所有しておられたとのこと。
しかし、公はそれをご自身の御子、剛毅溢れたるヘオロウェアルド様へ与えようとはなさらなかったのでございます。ヘオロウェアルド様は忠実な方ではありましたが。

（2158-2162a、忍足欣四郎訳）

この来歴からわかることは、ヘオロガール王は王子のヘオロウェアルドに対して、武士にとってもっとも大事な鎖鎧を渡さなかったのであるから、すなわち王位を譲らなかった、もしくは譲れなかったということである。もちろんこの王子はまだ幼かったのかもしれないが、「剛毅溢れる」「忠実な」人物であったとわざわざ語られているにもかかわらずである。そしてその結果、デネ王家の王位はヘオロガール王の弟にあたるフロースガールが継いで現在に至っているのである。この一節を聴いた当時の人々ならば気づいたはずである。デネ王家に王位継承の乱れがあったことを。

かくしてフロースガールは王位とともに継承した財宝を臣下に分配することになる。先に述べたように、聖王としてのゲルマンの王は神から授かったヘールに満ちているはずである。しかし仮に本来なら王位に就くべき人物ではなかったフロースガールが王位を継いでいたとするならば、フロースガールがそれまではいくら気高い勲を建てた武士であったとしても、王としてのフロースガールには正統なヘールが賦与されていなかったであろう。だとすれば、その結果としてデネ王家、すなわち国家のヘールは衰えてしまうのである。ヘールの衰弱した国家に起こること、それは災難である。怪物グレンデルの来襲である。

フロースガールをこのような王として理解すれば同詩の中でこの王を誉め称えている箇所を額面通りに受けとることはもはや困難となるであろう。たとえばグレンデルを倒したベーオウルフの偉業を称える最中に「とにかく、人々は君主を、誉れ高きフロースガールをいささかも難ずることはなかった。そうではなく、この殿は名君であった」(862-863)とか、「英名高き王」(345)、「賢き君」(1384, 1400)はいうに及ばず、「非の打ち所なき類い希なる王であった」(1885b-1886a)という表現は皮肉の極めつきと解釈されうる。

さらに言えば、徳のない主君には徳のない家臣が仕えるものである。「平和を損なうもの」という意味の名をもつウンフェルスUnferðである。側用人のウンフェルスはしばしばベーオウルフと対立する役回りであるが、ウンフェルス自身は兄弟殺しの過去を持つ。そんなウンフェルスが、ベーオウルフがグレンデルの母との戦いに臨むにあたってフルンティングという名の付いた剣を貸与する。しかし「フルンティングは強力な剣ではありましたが…」(1659-)というようにこの剣は役に立たなかったのである。

ゲルマンの王とは神から授かった恵みをこの世界で滞りなく循環させるためのファシリテータであり、聖王である。その王が神から正統かつ十分なヘールを賦与されていないとしたら、その王が治める国家にどのような不幸が巻き起こるかということを同詩は暗示しているのではなかろうか。

◉——『ハムレット』とアムレート伝説

王位の継承に乱れがあるとその国家は不幸に襲われるという古代的なテーマは近代の初めに書かれたシェイクスピア（1564-1616）の『ハムレット』においてもまた通奏低音のように響き渡っている。そしてこの作品の種本となっているのがデンマークに伝わるアムレート伝説である。この伝説は古さからして、同じくデンマークを舞台にした『ベーオウルフ』と接点をもっていた可能性が大いにあるので、ここで概観しておこう。

日本に『古事記』と『日本書紀』があるように、そしてイギリスに『アングロ・サクソン年代記』と『英国民教会史』があるように、デンマークには『デンマーク人の事績《ゲスタ・ダノールム》』がある。この歴史書はデンマークの大司教を務めたアブサロン（1128-1201）が右腕のサクソ・グラマティクス（c.1150-1220）に編ませたものである。デンマーク語ではなくラテン語で記されていることから、漢語で書かれた『日本書紀』やベーダ尊師がラテン語で著した『英国民教会史』と性格が似ているのかもしれない。つまり、デンマークが立派な歴史を有していることを他国に知らしめる目的があったのである。

16巻からなる『デンマーク人の事績』には『ベーオウルフ』と同時代と思われるデンマークに古代から伝わる北欧神話や英雄伝説から編纂当時の政治状況までが記録されている。そして同書の第三巻と第四巻に収められているアムレートの英雄伝説が『ハムレット』の種本である。この伝説は13世紀にアイスランドで作られたスノッリのエッダに記録されるばかりか、11世紀以前からゲルマンの地で広く知られていたもののようである。

過去においてはストーリー・テラーの多くは種本を利用し、それを自分の時代に即するように加工しては発表していた。それが常態であった。シェイクスピアも例外ではない。『ハムレット』*Hamlet* というタイトルからして、原作の主人公アムレートAmlethの綴りを変えたアナグラムである。アナグラムは文字列を並べ替えてまったく別の単語や文を作ることば遊びである。単純な例としては人名の「森田」を「タモリ」に変えるようなものもあるが、詩に含まれる一定の音を抽出して並べ換えると別のメッセージが現れるという例もある。そこまでくると、これは単なることば遊びとは言えなくなる。そこから作者の深層心理を読み取ることができるのではないかと考えたのがフェルデナン・ド・ソシュールであり、またジャック・ラカンであった。アムレート伝説を種本に選んだシェイクスピアの深層心理はいかなるものだったのだろうか。

シェイクスピアはアムレート伝説を『デンマーク人の事績』から直接借りてきたわけではない。サクソによるこの物語はシェイクスピアの時代にはまだイングランドには伝わっていなかった。その代わり、シェイクスピアが利用したのはフランソワ・ドゥ・ベルフォレによる『悲話集』（1570）に収められているフランス語訳アムレート伝説であったと考えられている。同書の第二版は1582年に出版されている。このフランス語訳アムレート伝説を利用したのはなにもシェイクスピアだけではない。同時代人の劇作家トマス・キッド（1558-1594）もその一人である。したがって時系列をさかのぼればシェイクスピアの『ハムレット』の前には、彼が参考にしたかもしれないが散佚してしまった「原《ウア》ハムレット」が存在したと推測され、これがベルフォレによる『悲話集』にもとづき、そしてこの『悲話集』がサクソのアムレート伝説から取られてきているようである。

サクソの原話ではだいたい以下のような物語になっている。アムレートの父ホルヴェンディルとフェンゴの兄弟はユトランド代官としてこの地を共同統治していたが、兄のホルヴェンディルの方が勇敢なためデンマーク王ローリクにより愛でられ、王の娘ゲルータを妻に迎えることになった。こうしてホルヴェンディルとゲルータの間に生まれたのがアムレートであった。ところが王の寵愛を嫉妬した弟のフェングは兄を殺害して兄の地位を奪った上に妻のゲルータを娶ってしまう。こうして息子のアムレートは亡父の仇討ちを決意するに至るが、この計画を成就させるために狂気を装うことにする。馬に乗るときには前後逆の姿勢で乗ったり、意味不明なことばを発したり、汚物にまみれて宮殿内を歩いたりした。このような奇行の原因を探ろうとフェングの部下がアムレートと母親ゲルータの会話を盗み聞きしようとする。ところがアムレートは盗み聞き犯を見つけて刺し殺す。その後フェングはイギリス王のもとへ密書とともにアムレートを送り、現地でアムレートを殺害するよう要請した。しかしこの計画を嗅ぎつけたアムレートは密書を、同伴の二名を殺害する内容へと改竄する。そしてデンマークへ無事に戻って、アムレートの葬儀が行われている宮殿でみごと父の敵討ちに成功する。

じつは『デンマーク人の事績』第四巻には、その後スコットランドを舞台にした物語の後半が語られているのだが、シェイクスピアはその部分を戯曲化していない。このように『ハムレット』の主筋はアムレート伝説の前半をほぼそのままの形で踏襲していて、シェイクスピアはこの主筋にポローニアス一家の副筋を書き加えたようである。このことからもシェイクスピアは副筋という形でプロテスタント信徒を登場させて、エリザベス朝という時代性を浮き彫りにしようとしたことがわかる。

アムレートの復讐物語を16世紀フランスに伝えたベルフォレは、そうすることによってキリスト教を受容する前のゲルマン異教徒のもつ野蛮性を強調したかったようである。しかしベルフォレを受けた形のシェイクスピアは、デンマーク王子の復讐物語にプロテスタント政府のカトリック信徒弾圧という同時代の暗部を溶け合わせたことにより、ベルフォレが目論んだゲルマン人の野蛮性ではなく、プロテスタント政府側の野蛮性をほのめかすことに利用した、というのがピーター・ミルワード先生の説である。

もちろん『ハムレット』とアムレート伝説の間の相違点の中にこのようなシェイクスピアの天才が煌めいているわけであるが、ここで両者に共通する点に目を向けてみたい。むしろこの共通点があるからこそ、シェイクスピアはアムレート伝説を種本として選んだのであろう。それは王位をめぐる兄殺しとそれに対する復讐である。『ハムレット』がエリザベス朝の世俗的なプロテスタント政府による厳しい弾圧を堪え忍ぶカトリック信徒の声なき声を表現したものであるとすれば、『ハムレット』は見事なまでに同時代的、かつ近代的な内容をもった作品であるといえる。ところがそのような内容をはめ込まれた外枠が王位をめぐる兄殺しと、それに対する復讐劇であるというのは、じつはまことに古代性をも帯びていると考えられる。ここでも古代性が背後に蠢いているのである。

◉——循環の阻害要因としての竜

話は『ベーオウルフ』に戻るが、災難はさらに続く。イェーアトの洞窟にとぐろを巻く火竜との戦いである。『竜の殺し方』という面白いタイトルの本がある。著者は印欧比較言語学者のカルヴァート・ワトキンスで、印欧語族という大きな枠組みの中での詩学《ポエティックス》を論じている。それによると、印欧語族のどの地域でもカオスは反社会的な性質を帯びているという。カオスによって神と人間や自由民と非自由民、貴族と平民、平民保護貴族《パトロン》と隷属平民《クライエント》、富者と貧者というようなすでに確立されたヒエラルキーが寸断される。とくに印欧語族の各個人、家族、部族間の中核をなすもてなし《ホスピタリティー》という贈り物のやりとりによって作り上げられた関係性を破綻させるのである。

ゲルマンの世界ではこのようなカオスを招来するものとして竜が存在していた。竜は宝物を護ることを生業とする。このために富の循環が阻害されるのだ。ということは、贈り物を交換し、富を豪勢に消費することがまさに循環を促進させると考えられていた社会では竜は究極の悪なのであった。

ここでことばについて触れておくと、ワトキンスが印欧語族社会のキーワードとしてあげていることばが*ghabh-/*ghebh-や*ghos-という語根である。英語を例にあげれば、前者からgift、giveが、後者からguest、host、hospital、hospitality、hotelさらにはhostileなどの単語が派生する。ベーオウルフは自らの命と引き換えに竜から財宝を回収するが、命と財宝は神からの贈り物という観点に立てば、等価値をもつものである。

とにかくゲルマンの世界では竜はあらゆる反社会的なもののシンボルなのである。『ベーオウルフ』では竜が守っていた財宝をある従者が持ち帰り、主君であるベーオウルフの歓心を買おうとしたという筋立てになっているが、これにより循環を阻害する悪としての竜がハイライトされる。ワトキンスが言うように、竜はカオスのシンボルであるから、竜を退治することは秩序の回復を意味する。そしてここにおいて、循環とは反対のカオスとは眠りや死のことであるから、竜退治は再生と成長の儀式としてみることもできる。

以上のようにデネの国では王家の正統性に乱れがあり、またイェーアトでは竜による富の停滞があった。いずれも神の恵みの円滑な循環を妨げる要因となりうるものである。そこでベーオウルフは、これら阻害要因を除去するために怪物親子ならびに竜を退治するのである。

ベーオウルフ英雄譚の最後は円環運動の回復がテーマとなる。先に述べたように、神から授かった贈り物としての富は消費されなければならない。そうすることにより循環が生まれる。竜から回収された財宝を神とこの世をつなぐ循環へ戻すためにしばしば2つの方法が提示される。それは分配と埋蔵である。竜との戦いで致命傷を負ったベーオウルフが今忌の際に命じたのは前者の方法であった。王としては回収された財宝を人々のために用いることは循環の理にかなった至極当然の方法であったろう。しかし実際にはベーオウルフが息を引き取った後、財宝はウィグラーフによって王の遺灰とともに塚に埋蔵されることとなる。財宝を人々の間で分配するのも、土に還すのも、巨視的に見れば宇宙の中で循環させることに変わりはないのである。強いて言えば、前者はこの世という小宇宙《ミクロコスモス》での、そして後者は文字通り大宇宙《マクロコスモス》での循環なのである。

振り返ってみれば、『ベーオウルフ』という英雄詩はその始まりから円環的世界観によって幕が開けられる。穀物の上に寝かされた赤子スケーフの子スキュルドは海から漂着し、地元民によって育てられてデネの地を治めるまでに成長した後、死後は船葬によって海へと還される。魂は海から来て海へと還る。つまり冒頭の52行においてすでに円環のモチーフが集約されていると言ってよい。なるほど『ベーオウルフ』にはキリスト教のモチーフもまたちりばめられている。しかし同詩の基底には神話的古代性が強固な土台として存在していることは否定できない。

◉――「土に還す」を意味することば

ところで竜が守っていた財宝は、そもそもある一族の生き残りが大地の懐へと埋めたものであった。この人物が今や一人取り残された非運を嘆きながら財宝を大地に託すときに口にする哀歌《エレジー》がある。

いざ、大地よ、いまや貴人らの財宝を人々が
所持し得ぬからには、汝自らそれを守るがよい。

（『ベーオウルフ』2247-2248a、忍足欣四郎訳）

ここで呼びかけられている「大地」には古英語hruse（フルーゼ）が用いられている。この単語は「カサカサしたもの」を表したと考えられている印欧祖語*kreu-を語源とする。この語根からは、ほかにもたとえばcrust「（パンやピザの硬い）皮、地殻」が派生している。そしてhruseの動詞形hreosan（フレオザン）「土に還る、朽ちる」が効果的に用いられている詩があるので、あわせてここに紹介しておこう。

『廃墟《ルーイン》』という詩はエクセター写本に収められているエレジーのひとつである。エレジーについては次の章で詳しく述べるが、ここでは崩れ果てた建物を前にして、この建物の中でゲルマンの武士たちが宴に興じていた過去の様子と、今や土くれへと変わりつつある現実という2つの時間のあいだを視点が行き来しながら、時の流れの無常と運命の儚さをうたっている。

この城壁の荘厳さよ、運命が破壊せし

館は崩れ落ち、巨人の手なる匠の技は粉々になりぬ
屋根も尖塔も土へと還りぬ　(1-3)

ここでの「土へと還りぬ」にはhruseの過去分詞形gehroren（イェフローレン）が用いられているのだが、このようなhruseないしその変化形が全体の46行の中で5度も現れ、いずれも頭韻を踏むのに貢献している。その一方で、動詞形hreosanの異音同義語であるdreosan（ドレオザン）ないしその変化形は2度用いられているが、頭韻には関与していない。詩人はテーマと関係がある重要な語に頭韻を踏ませることから、hruseやhreosanは「廃墟」をうたうこの詩ではキーワードだったに違いない。

辞書では通常、hreosanの訳語として「崩れ落ちる」と記しているが、ここで「崩れ落ちる」と訳すようでは隔靴掻痒の感がある。それではこの詩の気分は伝わらないのだ。やはり「土へ還る」と訳してはじめてこの詩のエレジアックな気分に肉迫するし、この時代にかすかに残っていたであろう円環的世界観に触れることができるはずである。詩のことばには古代からの残響がこだましているのだ。

終章

円環的世界観から直線的世界観へ

昼間の短いロンドンを、それも12月半ばに訪れるのはよほどの理由があってのことだ。その理由とは大英図書館で開催されている「アングロ・サクソン王国」と名付けられたエキシビションである。「600年を180もの宝物でめぐる30年に一度の展覧会」という宣伝文句が添えられていた。

　アングロ・サクソン時代の言語や文学を学ぶ者にとって何と言っても見逃せないのは、このエキシビションのために各地から一堂に集められた古英語4大写本である。ベーオウルフ写本は大英図書館所蔵だが、ジュニアス写本はオックスフォードのボードレイアン図書館に、そしてエクセター写本はイングランド西部のエクセター大聖堂に、ヴェルチェッリ写本ときたら北イタリアのヴェルチェッリに保存されているものだ。ラテン語で記された写本としては大英図書館所蔵のリンディスファーン福音書《ゴスペルズ》のほかにダロウの書はダブリンからやってきた。もちろんベーダの『英国民教会史』も展示されている。

　これだけでもすごいのに、さらに度肝を抜く展示品があった。それが今回の目玉と言ってもよいアミアティヌス写本である（図19を参照）。聖ヒエロニムス（c. 347-420）がラテン語に訳したウルガタ聖書の最初期のものを1冊に書き写したこの大型聖書《パンデクト》は、ウェアマ

図19　アミアティヌス写本

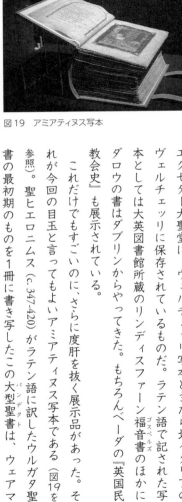

ス・ジャロウの修道院長ケオルフリード（c. 642-716）が作らせた聖書のうちの1冊である。その寸法は縦505ミリ×横340ミリ×厚さ250ミリという大部で、少なくとも515枚の羊の皮から作った1030葉からなる。重量はなんと34キロだ。ベーダの指導教官であったケオルフリードはほかにも2冊、このような聖書を作らせたという。その目的は、当時のノーサンブリアが誇るすぐれた写本制作技術によって写本を作り、それをローマなどへもっていき、それと引き換えに現地にある別の貴重な写本を入手することにあった。こうして北の辺境にキリスト教の教えや学問を蓄積していったのだ。

ところがアミアティヌス写本は数奇な運命をたどることになる。この写本をローマ教皇グレゴリウス2世へ届けるための旅の途上、ケオルフリードはブルグント王国で客死してしまう。716年のことであった。しかしその後、この写本がローマへ届けられた形跡はない。どういうわけかローマではなくトスカーナのアミアータ山にある救世主修道院への贈り物へとされてしまったのである

長い間、この巨大な書物がイタリア国外で制作されたと考えるひとは誰一人いなかった。というのも、この写本はあまりに巧みなアンシャル体で記されていたからである。アンシャル体は教父時代を中心に大陸でラテン語やギリシャ語を記すために用いられていた字体のことである。ところがこの写本の出自が明らかになったのは1888年のことで、イタリアの学者デ・ロッシが献辞の中に少し違う色で書かれた不自然な1行を発見した。「ランゴバルドのペトルスより」

（PETRUS LANGOBARDORUM）と記されたその部分は、もともと存在していた文字列を消し去った後、別の文字を上書きしたらしい。そして元の文字を復元したみたところ、そこには「アングル人のケオルフリードより」（CEOLFRIDUS ANGLORUM）と記されていたのだ。かくして現在アミアティヌス写本と呼ばれているこの書物は２０１８年秋に約１３００年もの時を経て母国イングランドへ里帰りしたというわけである。

この書物を見た人の目には、ノーサンブリアの修道院がどれほど徹底的にイタリアの教会文化に同化し、地中海の写本制作法を自家薬籠中のものとしていたのかがわかる。ケオルフリードが過去にローマへ旅をした帰りには、ローマの絵画や写本のみならずサン・ピエトロ聖堂の聖歌隊先導者まで連れ帰ってきたというし、ベネディクト・ビスコップ（d. 690）もフランク王国からガラス職人や石工を連れ帰り、ローマ風の石造りの教会を建てようとした。当時の聖職者はそこまでして大陸の教会文化を取り入れ、立派なキリスト教国家イングランドを建設しようとしていたのだ。

とにかく当時のノーサンブリアは知的な面においては第2のローマ、あるいはローマのコピーのようになっていた。ただローマと異なる点は、ブリテン島にはキリスト教はローマからだけでなくアイルランドからも伝わってきていたということだ。北方と南方からのキリスト教が混ざり合ったところに豊かな精神文化が花開いたのである。そして後にそこから輩出された修道士が大陸へ渡り、ゲルマンの地にキリスト教を布教し始めるのである。

＊＊＊

◉――『死者の書』

大和と河内の境をなす金剛山地の北部に二上山《にじょうざん》がある。雄岳には死者が眠っていた。謀反の罪を着せられ、磐余《いわれ》の池の堤で刑死した天武天皇の第三皇子、滋賀津彦が殯《もがり》もせぬまま眠っていた。まわりのものが心配するぐらいに聡明な娘に育った、藤原南家の郎女《いらつめ》は父の藤原豊成が太宰府を通じて唐から入手した阿弥陀経の新訳「称讃浄土仏摂受経」の千部書写を発願した。斎《いつ》き姫として皇室に仕える気はさらさらないらしい。写経をすると指から腕、腕から胸へと仏の智慧が入り込むのを感じていた。そして９５０部まで書写が進んだ春分の日のこと。二上山の雄岳と雌岳のあいだに沈む夕日の中に光輝く仏の俤《おもかげ》をみとめた――「あなとうと阿弥陀仏《ほとけ》」。

そして一年後、千部書写の発願が成就する春分の日、仏の俤に恋い焦がれた郎女が蔀窓《しとみど》の簾を上げると春の雨が二上山を濡らしていた。郎女が神隠しに遭ったのはその夜のことだった。

本当は神隠しではなく、再会が叶わなかった俤人を求めて郎女は嵐の中、二上山の麓へと駆け出したのだ。そして気づけば當麻《たぎま》の里は万蔵法院の境内で女人結界を犯していた。寺の庵に押し込められた郎女の前に姿を現すのが語り部の媼《おみな》。老婆は神代から藤原家がまだ中臣家と呼ばれていた時代までのいわれをよく知っていた。謀反の罪を犯した天若日子《あめのわかひこ》と郎女の先祖、耳面刀自《みみものとじ》の話を一人称で語り始める。

「こう、こう」。神隠しに遭った郎女の魂乞いをする声が死者を覚醒させた。それ以来、夜になると万蔵法院で物忌をする郎女のもとに死者が訪う。郎女には死者と俤人の姿が重なって見えていた。

秋になり郎女は蓮の茎から取り出した蓮糸を織って俤人の覆いを作りはじめる。「此機を織りあげて、はやうあの素肌のおん身を掩《おお》うてあげたい。」寒い冬が来る前に織物ができあがり、郎女は一面に曼荼羅を描いた。その中心には俤人が光輝いていた。まわりのものがその神々しさに息をのんでいる間に郎女は降り注ぐ光の中へと消えていった。

折口信夫が古代エジプトより伝わる同名の書にヒントを得て創作した『死者の書』には、古来の神々を信じるこの国に仏教が伝わってきてさほど時間がたっていない飛鳥から天平時代のころの日本人の心の様子が見事に描かれている。それはもちろん「古代学者」折口が見てしまった古《いにしえ》の日本人の精神世界である。よみがえりや来訪神、語り部がそこには含まれる。古代から綿々と続く先祖崇拝の土地に新しい仏教はいかにして根付いたのか。折口が考え至った結論はこうだ。

> 外来の習俗をとり込む場合は、必まづ固有習俗に類似点を見つけて結合する。其上で必一度は、その外形に近く、大きく模倣した新風が起る。さうして時を経て、漸く元来の形に近づいて、融合とも、混和とも言ふべき姿になる。此が、外来文化のとり入れられる際の、謂はゞありうちの姿なのである。

（「年中行事に見えた古代生活」p. 201）

仏教がもたらされて日が浅いころの日本人は仏にも「よみがえり」の姿を見ようとした。折口が言う「類似点」とはこのことである。そしてこの期待を蝶番にして仏教は随神《かんながら》の道と接続したと折口は考えたわけである。

郎女の末裔はその後も遣唐使や鑑真などを通して唐の文化や学問を摂取し我が物としていった。そしてはるか後の江戸時代にも朱子学や陽明学を深め、明治時代には「社会」「文化」「哲学」「理性」など多くの和製漢語を大陸へ輸出するまでになる。

これがユーラシア大陸の東端で日本が大陸の宗教や思想を自家薬籠中のものとしてきたプロセスなのだが、これをさながら鏡に映したような現象がほぼ同じ時代に大陸の西端でも起きていた。

◉――イングランドにおけるその後の布教と学問のはじまり

文明史におけるイングランドの意義というものを考えたとき、そこで話される言語はさほど重要ではないだろう。それよりもむしろブリテン島で起こったことが、その後の西洋史の展開の予兆になっていることの方が注目に値する。どうやらこの国はヨーロッパ大陸の北西に浮かぶ小さな島でありながらも、西洋史の舞台回しの役割を担ってきたようだ。

たとえば、これから詳しく見ることだが、ブリテン島では中世中期に大陸のどの地域よりも修道院を中心としたキリスト教文化が発達するが、ここで育った学者僧が後に大陸へ出かけていき、そこでキリスト教を中心とするヨーロッパ中世の土台を築いていくのである。ネーデルランドやフリースランドへ赴いた聖ウィリブロルド（658-739）やドイツに布教した聖ボニファティウス（c. 672-754）などである。ところが、その中世を終わらせ、世俗的な近代が始まるきっかけを作ったのもまたイングランドであった。16世紀前半にヘンリー8世がローマ教会と手を切ったイギリスの宗教改革のことである。もちろん宗教改革の端緒を開いたのはドイツのルターであろうが、イングランドに目を向けるとき、この暴君の手によってあれほど多くの修道院が破壊され、財産を奪われ、いまではイングリッシュ・ヘリテージのカレンダーになっている修道院の廃墟が、精神性を希薄化された近代人の姿と重なって見える。そして18世紀の半ばにすっかり世俗化してしまった近代に追い打ちをかけて物質という名の燃料をさらに注いだのもイングランドで始まった産業革命であった。つまりヨーロッパ中世をもっとも中世らしくさせるきっかけを作ったのがイングランドであったとするならば、中世を終わらせ、世俗化した近代を準備したのもまたイングランドだったと言える。

５９７年にローマ教皇グレゴリウス1世の命を受けたアウグスティヌスが約40名の同志とともに現在のケント州東端へ上陸し、ブリテン島のキリスト教改宗に着手したこと。そして布教戦略として、アングロ・サクソン人によって崇められてきた異教の社を破壊することなく、そのまま使い続け、いわば中身だけをキリスト教の神に置き換えるべくローマからの指令を受けていたところまでは序章に記した。

ローマからやってきたキリスト教宣教団は布教を進めながら徐々に北上し、ノーサンブリアまで達した。627年、ノーサンブリア王エドウィンに洗礼を授けたのはアウグスティヌスとともにイングランドで布教活動を行っていたパウリヌスだった。しかしその6年後にエドウィンが戦死したのに伴い、ノーサンブリアのキリスト教は一時的に揺れ戻しに遭う。パウリヌスはケントへ退却した。その間隙をぬってノーサンブリアで布教していたのがアイルランドやスコットランドの修道院から北部イングランドへとキリスト教を布教し始めていた修道士たちであった。そして635年にノーサンブリア王オズワルドが自らの民に福音を広めてほしいとスコットランドのアイオナ島へ遣いを送ったのを受けて、この島からエイダンが派遣されることになった。この人格者エイダンのおかげでアイオナ島もリンディスファーンもその名が知られるようになる。

エイダンは北海に面したリンディスファーンに修道院と学校を創設した。ベーダによれば、王の財政支援により創られた修道院ではスコットランドからやってきた修道士が地元の民に貴賤を問わず修道院の戒律を教え込んだ（『英国民教会史』第3巻3章）。リンディスファーンは潮が満ちると島になるが、そうでないときには幅の狭い道でブリテン島とつながる。いまではホーリー・アイランドと呼ばれるその島へ人々は福音を聴くために群れなして駆け付けたという。

7世紀には異教の王ペンダが率いるイングランド中部のマーシアが力を付けたため、ローマとスコットランド双方からの宣教活動は一時的に後退を余儀なくされた。ノーサンブリア王オズワルドは642年のペンダとの戦いで命を落とした。しかし13年後、ペンダを相手に兄の仇を取ったオズウィの手によってイングランド北部での修道院はふたたび息を吹き返し、発展していった。

このようにブリテン島におけるキリスト教の布教は、最初の半世紀以上の間一進一退を繰り返しながら少しずつ成功していったであろうが、キリスト教的知性なり世界観なりがたちまち異教のそれにとって代わったというわけではなかった。やはり当初、宣教師たちは布教そのものに注力していたはずであるし、大陸からの学問を教え、次の世代の霊的指導者を養成するまでにはなかなか手がまわらなかったはずだ。学問を教え広める学者僧がこの島へやってくるのは664年に開催されたウィットビーの宗教会議の後である。この会議ではローマ系とスコットランド・アイルランド系の宣教師たちが顔を合わせ、その結果、組織力にまさったローマ教会側がこの島での宣教活動における優位を得ることになる。

宗教会議の3年後、ノーサンブリアとケントの王が教皇ヴィタリアヌスに対し、大司教をブリテン島へ派遣するよう要請したのを受けて、カンタベリー大司教として小アジアタルソス出身のテオドルスがやってきた。テオドルスはアフリカ生まれのハドリアヌスとともに大量の書物とともにカンタベリーへ到着した。これをもってイングランドの学問の始まりとされる。ギリシャ語とラテン語に通じ、神学にも深い造詣を有していたテオドルスとハドリアヌスはウィットビーの宗教会議の後の教会制度を整備する一方で、修道院に学校を設け、そこで韻文や天文学、数学などを教授した。カンタベリーの学校ではテオドルスとハドリアヌスのもとで、そしてウェアマスとジャロウではベネディクト・ビスコップのもとで世俗的ならびに宗教的な学問が教えられた。ノーサンブリア人のビスコップはもともとテオドルスの通訳をしていた人物だった。ビスコップは5度もローマやガリアへ旅をしては教父の著作のほか古典の書物や聖遺物、法衣のみならず修道士を養成するための教官までも連れ帰ってきた。このようにして北部ではウェアマス・ジャロウの修道院学校、南部ではカンタベリーの修道院学校を中心として神学と古典学などの学問が教育されていくことになる。

ハドリアヌスやビスコップによって輸入された書物によって教育を受けた学生の中から最初に頭角を現したのがアルドヘルム（639-709）だった。アルドヘルムはテオドルスによるカンタベリーの学校から巣立った一人である。モームズベリーで修道生活を始め、後に修道院長を経て、715年に新しく創設されたシャーボーン司教区の司教にまでなった。

アルドヘルムの次の世代に属するベーダ曰く、アルドヘルムは教父神学および古典文学に精通していたアングロ・サクソン時代最大の学者の1人で（『英国民教会史』第5巻18章）、その著作は本人の死後8世紀に幅広く読まれた。とくに『処女賛美』（*Carmen de virginitate*）の言いまわしはベーダやアルクィン、ボニファティウスなどによって模倣された。また10世紀にはベネディクト派改革の動きの中でふたたび注目され、その著作は大陸からイングランドへ逆輸入されるようになった。アルドヘルム自身はラテン語で著したが、後代に自国語で著された数々の文献に彼の与えた大きな影響が見出される。

アルドヘルムと入れ替わりにイングランドの学問に大きな足跡を残すのが、『英国民教会史』の著者ベーダである。アルドヘルムが南部のカンタベリーで教育を受けた一方で、ノーサンブリア出身のベーダは北部のウェアマス・ジャロウで教育を受け、そのまま残りの人生を修道院での祈りと教育研究に捧げた。ベーダは35冊の書物をラテン語の散文で著した。そして韻文作品ではポワティエの司教ヴェナンティウス・フォルトゥナートゥス（540-600）やアラトール（c. 500-550）など大陸のキリスト教的ラテン詩人の影響を受けている。『英国民教会史』以外の著作は神学や聖書の注解のほか、科学を扱っているが、いずれも次の世代を担う人材を教育するために書かれたものである。

それにしても驚かされるのは書物の力である。ベーダはヨークとリンディスファーンへ出かけた以外は人生のほとんどをジャロウで過ごしたとされているが、そのベーダの知性は4世紀のヒエロニムスやアウグスティヌスなどの著作を完全に消化吸収していた。教父の世界が時空を超えて8世紀イングランド北部のノーサンブリアに生きる一修道士とつながっていたわけである。これも師であるベネディクト・ビスコップが5度にわたるローマ行きで持ち帰った書物があったからこそである。

ビスコップやケオルフリードがイングランドでキリスト教的知性を花咲かせる縁の下の力持ちであったとすれば、アルドヘルムとベーダは実際に果実をもたらす役割を果たした。そしてさらなる大きな花を咲き誇らせるのはまちがいなくアルクィン（c. 735-804）であった。

◉――アルクィンとヴァイキングの襲撃

アルクィンはベーダの弟子の一人で、ヨークの大司教学校ではヴェナンティウスやアラトール、ボエティウス、イシドルスなど古典の文献に親しんだという。その後母校の教師として知られる存在になったが、フランク王国のシャルルマーニュとの偶然の出会いにより、のちに「カロリング・ルネサンスの建築士」とまで呼ばれるようになる人物である。自らの師であったヨーク大司教エルベルフトの後を継いだエアンバルドに対し、教皇からパリウムと呼ばれる帯を授けられるため、それを受け取りにローマへ行ったのがアルクィンだった。そしてその帰路、パルマでシャルルマーニュと出会い、その場で才能を認められてアーヘンの宮廷へ招かれたというのである。781年のことであった。

アーヘンの宮廷ではシャルルマーニュを含む王家の教師として仕えた。その際、長らく読まれていなかった古典の文献を紹介し、ふたたび光を当てた。シャルルマーニュとの関係は後にトゥールの大修道院院長になったあとも続いた。武勇はあったが学識には乏しかったシャルルマーニュは、アルクィンの指導によりアーヘンの修道僧がすぐにでも聖ヒエロニムスや聖アウグスティヌスのようになれるものと期待したが、それに対してアルクィンは、「主も12人しか弟子を持ちませんでした」と言ったと伝えられる。

またアルクィンは世俗のさまざまな方面に相当な影響力をもっていたようで、イングランド人の聖職者や貴族がフランク王国やローマへ旅する際の便宜を図ったり、シャルルマーニュを教皇に就けるべく外交的働きかけを行ったりした。そんな中、シャルルマーニュとマーシア王オッファとの間を取りもつために793年に一時帰国していたあいだにヴァイキングがリンディスファーンの修道院を襲撃したのである。このときの様子は『アングロ・サクソン年代記』同年の項目にも記録されている。

793年、ノーサンブリア上空に恐ろしい前兆現る。そして民をいたく恐怖へ陥れり。その前兆とは巨大な稲妻と閃光で、火を吹く竜が上空を飛ぶ姿が見えり。この前兆の後、間を置かずして激しい飢饉が起こりき。そしてその少し後、同年1月8日、異教徒の輩がリンディスファーン島にある神の教会を略奪殺戮し、惨憺なまでに破壊せり。

じつはアルクィンがこの惨劇を知るのは一時帰国を終えて大陸へ戻ってからのことなのだが、この出来事にたいへん胸を痛めたアルクィンは祖国の同胞に対して多くの手紙をしたためることになる。なかには異教徒の人質になっている同胞を助けるべくシャルルマーニュに掛け合ってみるという主旨の手紙をリンディスファーンの司教に宛てて伝えているものあれば、このたびの惨劇を招来した原因について省みるよう説諭する手紙も含まれている。長いが引用してみよう。

われわれとわれわれの先祖はいまや350年近くもの間この麗しい土地に住んでまいりました。そしていまわれわれが異教徒の手によって苦しめられているような残虐行為などこれまで一度も経験したことがありませんでした。…

異常な出来事あるいは奇妙な振る舞いの中にこのたびの惨劇への警告が含まれています。四旬節のあいだ、国家の主要な教会、ヨークにある使徒の長、聖ペテロの教会にてわれわれが目にした血の雨、晴れわたる空の中、建物の北の隅の屋根の上から降ってきて人々を脅かした血の雨は何を意味するのでしょうか。人々に対する血の罰が北の空から降ってきたのではないでしょうか。その始まりは、近頃神の家に襲いかかったあの一撃の中に見られるかもしれません。

指導者や人々の豪華な衣服、髪形、そして振る舞いについて考えてみましょう。あなた方がどれだけ異教徒風に髪の毛やひげを切りたがっているかお考え下さい。彼らは恐怖によってわれわれを脅かしている輩ではありませんか。それでもあなた方は彼らの髪形を真似したいとでもいうのでしょうか。加えて、人間の必要を超え、先祖の行いから逸脱してまでなぜこのような無駄な衣服を着るのでしょうか。王子たちの奢侈は民の貧困なのです。過去においてこのような習慣は神の民を傷つけ、彼らを異教徒の国民の嘲笑へとさらしました。預言者は言っています、「一足の靴のために貧しい者を売った汝に災いあれ」（アモス書2.6）と。つまり、足を飾るために魂を売ったということなのです。

（793年、エセルレッド王とその貴族たち宛ての手紙）

これによれば、アルクィンは同胞に惨劇をもたらしたのはヴァイキングではあるものの、その原因を作ったのはあくまで同胞の生活が堕落していたためであると考えているようだ。その堕落のひとつとして奢侈が言及されているが、同年にふたたびエセルレッド王に送った手紙の中でもこのことが繰り返されている。

義に適わぬ富を愛してはなりません。なぜならばすべての義に適わぬものは神により罰せられるからです。そして神の恵みはこの世のすべての富よりもすばらしいのです。われわれがこの世で愛するいかなるものでも失うのです。しかしわれわれが神に差し上げるものはいかなるものでも貯めておきなさい。…あなた方はこの世で裕福になりたいのですか。あなた方はこの世では束の間の旅人なのです。そしてあなた方は永遠に裕福でいられるであろうところで裕福でいることを望まないのですか。あなた方の富を先へ送りなさい、この世であなた方がもっているものを永遠に持ち続けることができるように。

（793年、エセルレッド王とオズベルト公爵そのほかの友人宛ての手紙）

じつはこの引用箇所の直前に天国へ続く善き行いと地獄へ続く邪悪な行いが列挙されている。たとえば、言うまでもないことだが、神への愛、神への恐れ、神へお祈り、慈悲の心、罪を犯した人を許す気持ち、逆境での忍耐、貧者への施し、衣服そのほかのものへの節度などは前者、肉欲やこの世での野心、暴力、虚偽、妬みなどは後者であるとされる。それで、いずれにせよこの世での幸福は長続きしないので、あの世での幸せに心を寄せよ、富はあの世で貯めるべし、と戒めているのである。

もちろんこの考えの背景にはマタイの福音書にある「あなた方は地上に富を積んではならない。そこでは虫が食ったり、さび付いたりするし、また、盗人が忍び込んで盗み出したりする。富は天に積みなさい」（6:19-20）があるわけだが、もうひとつの背景として時代的なもの無視できないだろう。それはヴァイキングがもたらしたあの惨禍である。ふりかえってみれば、ウィットビーの宗教会議の直後にテオドルスがイングランドへやってきた当時、イングランドにはキリスト教を受け入れている王国は1つしかなく、修道院もせいぜい10か所ほどであったが、過去2世紀の間、とりわけノーサンブリアの修道士たちがローマに追いつくべく奮闘したおかげで、ヴァイキングが襲撃を始める8世紀後半には修道院の数は200か所を超えるまでになっていた。たとえばカンタベリーのほかにアビンドンやピーターバラ、ウィンチェスター、イーリーなどの修道院はみなこの2世紀の間に創設された。それなのに異教徒の手によってこれまでの努力が一夜にして灰燼に帰したという気持ちがアルクィンのみならず聖職者たちの感慨だったにちがいない。

◉——教会による誤解

ブリテン島南西部デンヴォンシャの町、エクセターの初代司教を務めたレオヴリックが1072年の死に先立って大聖堂に寄贈したという「英語によるさまざまなことを歌った詩集」は現在エクセター写本として知られているが、ここには喪失と慰めというモチーフをうたった、内省的かつドラマティックな詩がいくつか収められている。いずれも「エレジー」として分類されているが、そこでは前章で見たようなゲルマン人の円環的世界観とはまったく異質な世界観が展開されている。

先に見た『ルーン文字名称記憶詩』ᚠ(feoh フェオホ)のスタンザと、あるエレジーに分類される一節を比較してみるとわかりやすい。

ᚠ(フェオホ「家畜(の所有)」)はだれにとっても喜びだ。
しかしそれでも、もし人が神の御前で名誉に預かりたいと望むなら、
気前よく家畜を分け与えるべきである。

（『ルーン文字名称記憶詩』1-4）

キリスト教以前の世界観では物質を貯めこむことを決してよしとしない。循環させることをよしとした。しかし節制を重んじる教会は循環を準備するための蓄積を物質への執着であると誤解したようだ。『さすらい人《ワンダラー》』というタイトルを後世に与えられた詩には次のようにうたわれている。

ここでは財産（feoh）は儚《はかな》い（læne）。ここでは友は儚い（læne）。
ここでは人間は儚い（læne）。ここでは親類は儚い（læne）。

（『さすらい人』108-109）

ここで4度繰り返されるlæne（レーネ）「儚い」は近代英語のloan「ローン、借り物」に相当する語である。あたかも「あなた方は地上に富を積んではならない」というあのマタイの福音書のことばを背景にしているかのようであるから「一時的な借り物」という意味で「儚い」と訳しておいた。

あるいはまた詩のエッダに収録されている『オーディンの箴言《ハヴァマル》』と比較してみるのも興味深い。

財産は滅び、身内のものは死にたえ、自分もやがて死ぬ。だが決して滅びぬのが自らのえた名声だ。

（76、谷口幸男訳『エッダ―古代北欧歌謡集』より）

同じこの世のものは滅びゆくとうたいながらも、不朽の名声を信じるところがゲルマン人の世界観を映し出している。これと比べれば、『さすらい人』の世界観はいかにキリスト教化されたものであるかがわかるであろう。すでに見たように、læne「儚い」はece「とこしえの」と対をなす語であった。ゲルマン人にとって宇宙のあらゆるものは循環していたが、その円環運動の回転軸としての世界樹は揺らぐことなくいつでも「とこしえに」宇宙の中心に立っている。その属性を表すのがeceであり、その世界樹の周囲を停滞することなく循環している状態をlæneといったのだ。おそらく教会はこの世界観を正しく理解できなかったのであろう。王の館の蜜酒の間《ミード・ホール》で催される宴と、そこでの宝物の付与をたんなる奢侈の極みと見なしたにちがいない。『さすらい人』は奢侈を軽蔑したのである。繰り返しになるが、宴と宝物の分配は神から預かった大地の恵み（食べ物や宝玉）をふたたび宇宙の循環へと戻す聖なる行為なのである。

◉——教会によるゲルマン詩人の利用

先に見たように、ゲルマンの詩人（スコップ）は部族の来歴をうたうにせよ、英雄を称揚したり死者を弔ったりしたにせよ、神々からことばを預かり、それを伝承することを職務としていた。預言詩人だったのである。もともと詩とはこうして生まれたものなのだ。恋愛をはじめとするロマンティックな感傷をうたうのはあくまで後世の詩なのである。

そもそも詩というものはある社会の知恵がことばとして凝縮、凝結したものである。そしてその社会の知恵とはつまるところ、その社会の安寧や幸福、つまりヘールの実現に不可欠なものである。ゲルマン人の社会においては安寧や幸福を実現させるために神と人間とを円環によってつなぐという知恵が存在し、詩人はそれをうたい、王はそれを機能させるための職務を担っていた。これまで議論してきたような視点から『ルーン文字名称記憶詩』や『ベーオウルフ』を読んでみると、そのようなゲルマン人の世界観が一部で残存していたことがわかるであろう。しかししだいにキリスト教が浸透してくると、先祖代々幾世代にもわたって伝えられてきた知恵はそのままであり続けることが難しくなった。教会は伝統的な世界観の変更を迫ったにちがいない。そこで教会はゲルマンの詩人を利用して伝統的な世界観を書き換えさせたのだ。

ブリテン島で布教に邁進していた宣教師メリトゥスに宛てられた教皇グレゴリウスからの書簡についてはすでに紹介したが、そこではゲルマン土着信仰とキリスト教の類似点をできるだけ強調しながら布教を進めるべく方針が記されていた。その結果として、ゲルマン人にとっての「神」を表していたgodがキリスト教の「神」をも表すことばとして残ったことを見た。神を言い表すことばが残ったということは、神のことばを伝えることを職務とした詩人も残ったことを意味する。教会側はキリスト教の布教に伝統的なゲルマンの詩人を活用したのである。つまり、異教の祭儀にキリスト教の衣をまとわせていつの間にやら換骨奪胎していったように、ゲルマンの伝統的な詩の形式を残しながらも、その中でキリスト教の教えや世界観をうたわせたのだ。

ゲルマンの詩人は伝統的に即興で詩を朗誦する、いわばことばの技術者だった。詩人の記憶の中には頭韻を構成するさまざまな言い回しがストックされており、そこからそのときどきの文脈に最適な言い回しが選択された。教会はこのような技術をもった詩人にキリスト教的な世界観をうたう詩を作らせたにちがいない。『海行く人《シー・ファーラー》』というエレジーにはこのことを予想させる痕跡が見られる。

夜はますます暗くなり、雪は北から吹き付けた
霜は土くれを縛り、雹（hægl）が大地へ降り注いだ
粒（corna）の中でももっとも冷たいもの（caldast）が

（『海行く人』31-33a）

厳冬の海上をさまよう旅人には北風とともに雹まじりの雪が吹き付ける。じつはこの言い回しには『ルーン文字名称記憶詩』のᚻ（hægl ヘイル「世界卵、原初存在神」）のスタンザがこだましている。そこでは「雹（hægl）はもっとも白き粒（hwitust corna）」（50）と歌われる。異教時代から伝わるであろう『ルーン文字名称記憶詩』でこのようにうたわれるとき、すでに述べたように雹（hægl）は原初存在神ハガル（hagal）のことにほかならない。卵神話で世界卵が上下二つに分割される前の「完全な」（古英語hal / 近代英語whole）状態の丸い形をしたもの（corn）として表象されるあのハガルである。ハガルは生と死をつかさどっていた。もちろん『海行く人』では死のイメージが支配的である。

ところが、古くから伝わる言い回しによって表現される詩のイメージに覆われたこの詩をさらに読み進めると、この世での名声の追及や財宝は循環させるべき神の賜物ではなく、儚き虚栄の象徴とうたわれる。

なぜなら私には神の喜びは、この世の儚く（læne）
恐ろしい生活よりも暖かい。私は信じない
この世の富が永遠に（ece）続くとは

（『海行く人』65-67）

教会がゲルマンの詩人を利用して伝統的な世界観を書き換えさせたさらなる典型的な例は「創造主」の概念が劇的に変化していることからもわかる。ヨークシャの牛飼いキャドモンが口にした世界創成神話をいまいちど見てみよう。

いまや（しかし）われわれは義務（と責任）として讃えねばならない、天の王国の守り手
測定者の力を、その心の思いを、
輝く父の御技を、いかにしてそが驚異の各々を、
永遠《とわ》なる匠《たくみ》が、組み合わせ（創造）をなしたかを。
はじめに造れり、そは人の子たちのために
天を屋根として、聖なる造り手は、
次いで中つ庭を、人類の守り手は、
永遠なる匠は、さらに造れり
人々のために大地を、全能なる匠は

ここでは「天の王国の守り手」とか「測定者」とも呼ばれる創造主、すなわちゲルマンの原初存在神は人間のために天を造り、それを支えたとうたわれている。ところが『さすらい人』ではどうだろう。

かくして人間を創造した主はこの住み処を破壊し、
住民から宴を奪い取り、
古《いにしえ》の巨大な建物は荒れ果てたままとなったのだ。

（『さすらい人』85-87）

創造主は人間の住処を破壊したとうたわれているではないか。しかも『キャドモンの賛歌』で創造主を表す聖なる「支え手」（scepen）と『さすらい人』の創造主（scyppend）は、前者は北部方言の語形であるものの同じ単語なのだ。『さすらい人』の創造主は儚《はかな》いこの世の「破壊者」として描かれている。Godがゲルマン人の「原初存在神」からキリスト教の「神」へと変えられたのよりも劇的と言ってもよい意味変化である。

そもそもこの詩のさすらい人は、これまで仕えていた主と死別して、社会とのいかなる関わりをも失った末に放浪し、凍り付くような冷たい海の上で暖炉の火が燃える蜜酒の間《ミード・ホール》での武士団《コミタートゥス》の生活を思い起こしながら、この世の儚さを嘆き、キリスト教の神のそばでの永遠の命を憧れる。夢か幻か過去の喜びを振り返る中で現れるのがすでに見た「ウビ・スントパッセージ」である。

馬はどこへ行った?若き日々はどこへ行った?宝物の与え手はどこへ行った?
宴の館はどこへ行った?蜜酒の間の喜びはどこへ行った?

（『さすらい人』92-93）

「どこへ行った？」の対となるバリエーションは先に見たエレジー『海行く人』にも見られる。寒さ、飢え、孤独と危険の中で海上のさすらう語り手は、安穏と陸上で生活していたころを思い起こす。

かつてそうであったように、王はいない、皇帝はいない、
黄金の与え手はいない。

（『海行く人』82-83）

そしてこの後、やはり永遠の神の愛への希求をうたう。

どこに住処をもつべきか考えよう
そしていかにしてそこへ行くべきか考えよう
そのときわれわれは励むのだ。その永遠の恵みの中に入ることが許されるように
そこは主の愛、天国の喜びの中の愛の源。

（『海行く人』117-122a）

『さすらい人《ワンダラー》』や『海行く人《シー・ファーラー》』のほかに『廃墟《ルーイン》』という詩がある。これは廃墟を前に過ぎ去りし栄光を振り返るという内容である。

そこではかつて多くの人々が嬉々とし、黄金できらめき、
豪華に身を飾り、誇りにあふれ、ワインで顔を赤らめ、
鎖帷子で身を輝かせ、宝物、銀、宝石、富、財産、宝玉、王国に広がった輝く要塞に目を奪われた。

（『廃墟』32b-37）

この世の儚《はかな》さをうたった後には『さすらい人』や『海行く人』ほどには瞑想の中で神の栄光を希求するわけではないのだが、『廃墟』もまたエレジーなのだ。ここで描かれる廃墟の描写は8世紀末に起こったヴァイキングの襲撃によって破壊されたリンディスファーン修道院についてアルクィンがうたった詩の影響を受けたものと考えられている。アルクィンは『リンディスファーン修道院の禍について』という詩を書いているが、さらにその詩はヴェナンティウスの『テューリンゲン王国の破滅』から影響を受けたものである。それは「アダムの堕落以来、人間はこの世の放浪者である」という書き出しで始まる。廃墟とはこの世の儚さの象徴なのだ。

同じ宴や宝物の分配をうたうにしても、この寂寥感はどうしたことなのか。『ベーオウルフ』では華やかな宴とその中で宝物が下賜される場面がたびたび描かれる。すでに見た怪物グレンデルをベーオウルフが退治した祝勝の宴（1009-1026）の場面では金糸を織り込んだ戦旗に甲冑、宝剣が贈られた。同様の宴はベーオウルフがグレンデルの仇討ちに来たその母との戦いに勝利した後にも催され、ベーオウルフには12の宝物が遣わされた。そしてベーオウルフがデネの国での2度の戦いを終えて故郷イェーアトへ帰国した際には、凱旋の宴にてベーオウルフはフロースガールから下賜された宝物を自らの主であるヒイェラークに献上する。すると今度はヒイェラークからベーオウルフへ献上品の見返りとしてイェーアト王家に代々伝わる宝剣のほか土地、屋敷のみならず統領の地位まで与えられる。

主の館での豪華な宴と宝物の交換はゲルマン武士社会の中心をなす文化であったにちがいない。それなのにエレジーでは寂寥感の中でそれを懐かしみはするが、蜜酒の間《ミード・ホール》へ戻りたいと思うのではなく、むしろ神のそばで永遠の栄光に包まれることを希求する。

ゲルマン人ははるか昔から財産、宝玉から君主としての地位にまで神より人間に与えられた贈与品《ギフト》と理解していたから、それらを分配や継承の形で次世代に譲り渡して世界の中で循環させることをよしとしていた。さらに、宝玉の埋蔵も循環のためのもうひとつの方法であった。

◉――ボエティウスの影響

ベーオウルフの最後の戦いとなる竜退治の原因となったのは、ベーオウルフの家臣として仕える者が竜の棲む塚の中で宝物を見つけたことによる。その宝物は昔、ある貴族の生き残りが大地に埋めて土に還そうとしたものだったのだ。宝を塚に埋める際、番人は大地に向かってうたう哀歌《エレジー》についてはすでに見た。

さらに竜との戦いで致命傷を負ったベーオウルフの亡き後、竜から回収された宝はベーオウルフの遺灰とともに塚に埋められる。

一同は宝環と宝玉、さきに猛《たけ》き勇士らが
秘宝の中より選《え》りすぐって運び出した
飾りの品々をさず塚の中に収めた
彼らは貴人らの財宝を大地が守るに任せて
黄金を地中に戻し、その宝は今も同じ場所に
昔同様人々の役に立つこともなく眠っている。

(『ベーオウルフ』3163-3168、忍足欣四郎訳)

こうしてゲルマン人は財宝を土に埋めて宇宙の循環の中に還したのである。ところがエレジーの『海行く人《シー・ファーラー》』では正反対の考えがうたわれる。

身内のものは縁者のために墓場に黄金をまき散らし、
死者の傍らにさまざまな宝物の形で死者がもっていきたいものを埋めたいと思うかもしれない。
しかし黄金は、神の恐怖の目の前では罪に汚れた魂の助けとして死者とともに行くことはできない。

（『海行く人』97-102）

財宝は汚れたものだから、死者とともに宇宙の循環へと戻すことはできないという。

物質の儚《はかな》さと神の愛の永遠という対立構図の背景には、7世紀に北部イングランドのノーサンブリアで花開いたキリスト教文化の申し子アルドヘルムやアルクィンのほかにもボエティウス（c. 480-524）の影響があったと考えられている。ボエティウスは通常、古典最後の著述家と見なされているが、ボエティウスのことをスコラ的神学者の嚆矢と位置付けうることからして、むしろ中世最初の著述家と分類した方がより正しいかもしれない。

ボエティウスの生涯についてはよく知られているように、ローマ貴族の家系に生まれ、30歳のころに西ローマの執政官にまで昇りつめるが、晩年には偽りの罪の科で投獄され、５２４年に処刑された。突然の運命の暗転を嘆きながら擬人化された「哲学」と対話を繰り広げるというのが獄中で著された『哲学の慰め』だが、同書は人類の歴史で最初の世界的ベスト・セラーと言われている。なぜこの本がそんなに支持されたのかといえば、巨視的に見れば、ゲルマン民族大移動などが起こった古代から中世にかけての変わり目という動乱の時代において、神や運命について考えざるを得ない状況が実際に展開されていたからであろう。

最初の世界的ベスト・セラーと言ったが、なかでももっとも初めに同書を土着語に訳したのはイングランドのアルフレッド大王（849-901）であった。先にふれたように、イングランドへのヴァイキングの襲撃は８世紀後半に始まり９９４年まで断続的に続いた。その間、国土は荒廃し、ノーサンブリアを中心に花開いたキリスト教文化も衰退を余儀なくされた。このような長期にわたる国家存亡の危機の時代にあってアルフレッドは、先ずは武をもってヴァイキングと対峙し、８７８年のウェドモアの条約によって一時的にアングロ・サクソン人とヴァイキングとの共存を実現した。このときヴァイキングの首領グスルムは洗礼を受けている。一方で、そうして手に入れた平和の時代に、失われしキリスト教文化を立て直すための政策を打ち出したのである。具体的には、すべての民が知るべきもっとも必要な本を古英語に訳すという文化政策であった。このときもっとも必要な本の一つとして選ばれたのがボエティウスの『哲学の慰め』だったのである。この同書中には「哲学」が富について次のように述べる箇所がある。

さあ聞かせてください。あなたがもっともだいじだと思うものは何ですか。金ですか、何ですか。金ではありませんね。しかし、仮に金がさしあたり善きもので価値あるものだとして、それを与えてくれる人は、それを蓄えたり、他人から奪ったりする人よりも、より愉快で愛されます。同じように、富は蓄えたり取っておかれたりするよりも、人に与えた方がより人に好かれてより楽しいものなのです。

（アルフレッド大王訳『哲学の慰め』第13章）

ここではゲルマンの聖王のように、富を散財することをよしとしているのではなく、貯めこむことを貪欲の技として非難している。さらに贅沢については次のように述べられている。

富があなたにもそれ自身にも役に立たないとしても、あなたが矩《のり》を超えてこの世の富を欲するのにはどんな良いことがあるのですか。われわれの本来的な欲求に対してはほんのわずかなもので十分なのです…。仮にあなたがそれのうちのより多くを手に入れても、それはあなたには良いことはありません。度を過ぎて手に入れたものは何でもあなたにとって不快であったり、有害であったり、危険であったりするのです。たとえば、飲みすぎたり、食べすぎたりすれば、あるいは必要以上に着すぎたりすれば、この余剰物があなたに悲しみや嫌な気持ちや、場合によっては不幸や危険をもたらすのです。

（同書　第14章）

ここに記されていることは、アルクィンがノーサンブリア王へ宛てた書簡の写しであるかのようである。アルクィンは古英語訳ではなくボエティウスの原文を読んでいたにちがいない。とにかく、異教徒ヴァイキングの襲撃に悩まされ、国家を衰退と動揺に陥れられた時代にあって、このような考え方が民を導くための指導原理として教会と政府の双方から発信され、教育されたのである。

キリスト教の到来によってゲルマン人のもとに新しい世界観がもたらされるということはこういうことなのである。教会はいままでとはまったく異なった世界観をブリテン島に植え付けようとしたのだ。しかもいままでの神の概念を表す単語を使い続けながら新しいキリスト教の概念を持ち込んだ。持ち込んだというよりは、古い概念を新しい概念にすり替えた。ブリテン島の場合、アングロ・サクソン人を改宗させるということは、彼らのことばである古英語で精神世界を表すキーワードの意味をキリスト教的にすり替える、換骨奪胎させることだったのである。言語学の用語では意味借用と呼ばれるこの現象は、宗教史的な文脈に置かれるとすこぶる重大な事件としてとらえられる。そしてこの大事業を成し遂げるために教会はゲルマンの詩人を利用したのである。

◉——エレジーの制作目的

ここで、エレジーと呼ばれる一連の古英詩についてのある推測が成り立つ。漂白の身の上に落ちぶれた者が、かつて自ら身を置いていた宮廷での華やかな宴を振り返ったり、いまや朽ち果てたかつての建造物を見て、過ぎ去りし栄華に思いを馳せたりするというような共通のモチーフは、あらゆる物質的なものの儚《はかな》さを強調し、その一方で神の永遠を人々に教えるために詩人が設定した、あるいは教会が詩人に与えたモチーフではないだろうか。伝統的にゲルマンの詩人は社会の知恵をことばの形に紡いで、それを伝える機能を担っていたのだ。そして教会はその詩人を布教のために活用したにちがいない。その際、形を残して中身を取り替える、あの換骨奪胎の方法をとったのである。ここでは単語レベルでの意味借用ではなく、詩というジャンルでそれを行ったのだ。詩の形式はもちろんゲルマン諸語に伝統的な頭韻詩である。そしてよく用いられるモチーフもまた伝統的な蜜酒の間《ミード・ホール》での宴と宝物の分配である。その形式とモチーフを利用しながら、そこにキリスト教的な世界観を忍び込ませたのだ。

これまで詩人は宮廷に雇われ、あるいは方々の宮廷に出入りして王や先祖を讃える詩をうたってきた。しかし時代は変わり、その宮廷にもキリスト教が入ってきた。ブリテン島各地に布教を開始した教会からの宣教団ははじめに宮廷へ出向き、王へ挨拶をしただろう。そして王に対してこれまでのゲルマン土着の信仰よりもキリスト教の方がいかに優れた宗教であるのかを懇々と説いたはずである。しかる後に王が改宗に同意すると、今度はその王を取り巻く貴族たちも改宗することになる。キリスト教はこのようにして宮廷を起点として徐々に広まっていったのである。その過程で教会は、あるいは王は社会の知恵をうたう機能を有した詩人に目を付けないはずがないではないか。

ちなみに「異教徒」を表すheathen（古英語hæðen）は「荒れ地（heath）に住む人」のことであるし、また「異教の」を表すpaganはラテン語で「村人」を意味するpaganusに由来する。キリスト教の布教は町の中心に位置する宮廷から始められたから、都市部のキリスト教徒と周辺部の異教徒という区分が存在していた時代があったのだろう。

これまでいくつかの詩行とともに見てきた世界観の変化をここでいま一度まとめてみよう。『ルーン文字名称記憶詩』のᚠ（フェオホ）やᛟ（エゼル）では財産や収穫物は分配すべしという知恵がᚷ（イフ）のスザンザではおもてなしが奨励されていた。『キャドモンの賛歌』ではScyppendは創造主として世界を造るとうたわれていた。そして『ベーオウルフ』で勝利を祝う宴で宝物が配られる様子が繰り返し描かれたし、物語の最後には英雄の詩に際して宝物は土に埋められた。

ところがエレジーと呼ばれる一連の詩では、ことごとくこれとは対立する世界観がうたわれていた。『さすらい人《ワンダラー》』では財産は移ろいやすくあてにならないとうたわれるばかりか、Scyppendはこの世の創造主ではなく破壊者になっていたし、また同詩のほかに『海行く人《シー・ファーラー》』と『廃墟《ルーイン》』では宝物や宴の儚《はかな》さをうたっていた。『海行く人《シー・ファーラー》』は宝物の副葬を否定さえもしていた。エレジーの後半にうたわれる内省的、あるいは瞑想的な詩行を加味すると、ようするにエレジーでは、儚い物質を愛するのではなく、天国での永遠の愛をだいじにせよというメッセージであることがわかる。エレジーはキリスト教の布教媒体の役割を与えられていたと考えてみたい。

◉——『不死鳥《ザ・フェニックス》』：蝶番としての「復活」

これまで見てきたように、宣教使節がイングランドの人々に教え、広めようとしていたキリスト教的世界観は、アングロ・サクソン人が先祖代々当たり前のものとしてきた世界観とは相当異なるものであることは教会側も十分に理解していた。なにしろ世界の創造者として用いられてきたScyppendがこれからは「破壊者」として用いられるようになるほどの劇的な変化なのだ。

このような新しい世界観に対してまずは人々の関心を引きつけ、理解させるために、教会は「換骨奪胎」という手法を採用した。教皇グレゴリウスから宣教師メリトゥスにあてた書簡で指示されていたように、異教の社は残し、その中の祭壇と神像だけを取り換えるというものである。これがことばのレベルで行われたのが意味借用である。もっとも象徴的な例として「神」を表すgodということばがあげられる。この単語は異教の昔から原初存在神を表す名称のひとつとして用いられてきた。語源的な意味は「乞い願われるもの」である。しかし宣教使節はこの単語を廃することなく、今度はキリスト教の神を表す単語として使い続けたのである。それを可能にした要因は「乞い願われるもの」という語源的な意味であったと思われる。なぜならば、異教であってもキリスト教であっても神は人々から「乞い願われるもの」だからである。

キリスト教を布教するために宣教使節がとった方法の二つ目は社会に影響力のある階層から布教を進めることだった。具体的には王を頭とする宮廷を手始めに布教を開始した。もともとは「荒れ地に住む人」を意味したheathenや「村人」を意味したpaganが「異教徒」という意味を獲得したのは、この布教方法を背景としていることはすでに見た。

さて、宣教使節団はもうひとつの布教戦略を有していたと思われる。それは人間の知性が自らを超越したものを崇めるとき、おそらくどんな民族のあいだにも共通しているであろう性質を利用したものである。それは、(1)神なる存在は命や弥栄《いやさか》、永遠の至福を恵みとして人間に授けてくれる、(2)天には神の国が存在する、(3)人間は復活への望みを抱く、(4)人間は不死についての約束を欲する、というものである。

キリスト教が以上のような要因を包摂していることは言うまでもない。一方で、ゲルマン人にとっての原初存在神は(1')「究極の原因」として時空を創造し、その中を循環している命や弥栄、王権などあらゆるものを人間に与えてくれた。(2')その原初存在神は宇宙の光輝く場所に座していた。(3')命は宇宙を循環するものであるから、いつかまた元の場所へと戻ってくる。(4')ゲルマン人は栄誉と名声を勝ち取ることによって不死となると考えていた。

ここに『不死鳥《ザ・フェニックス》』というタイトルをもつ古英詩がある。この詩もエクセター写本に収められている。不死鳥伝説はヨーロッパではギリシャのヘロドトス（c. BC490-c. BC430）がエジプトの不死鳥神話を伝えたことに由来すると言われている。古代エジプトの神話では、不死鳥は太陽神ラーにしたがう聖なる鳥ベンヌであるとされる。そしてこれに―とりわけ不死鳥は焼け死に、その灰から新しい不死鳥が生まれるというテーマに―キリスト教的教訓を加えて解釈しなおしたフィシオログスの中のひとつの寓話として教父アンブロジウス（340?-397）やラクタンティウス（c. 240-c. 320）が詩にした。

ラクタンティウスによる『不死鳥の歌《カルメン・デ・アヴェ・フェニーチェ》』では、不死鳥は長生きした後、古代エジプトの「太陽の町」という名をもつヘリオポリスへ飛んでいき、そこで死ぬが、再生して新しい命を得る、とうたわれる。死と復活が重要なテーマになっていることがわかる。アンブロジウスも「創世記」について注釈を施した『ヘクサメロン』において、人間も善行によって天国に巣を作ると、死ぬまで恐れる必要はないと説いたし、トゥールのグレゴリウス（c. 538-594）は不死鳥はすなわち人間の復活であると、とらえていた。

エクセター写本に収められている『不死鳥』は二つの部分からなっており、第1部はラクタンティウスによる『不死鳥の歌』をソースとし、第2部は第1部に対する寓話的解釈になっている。とくに638行目以降は不死鳥の再生をキリストの死と復活にたとえている。

主はこの世に

幼子の形にてお生まれになられたが、
それでも主の御力の豊かさ、永遠の栄光は天上高くにおいて
聖なるままであった。
主は十字架上で死の苦しみを
恐ろしい苦痛を経験されるが、
亡くなったのち三日して
御父の助けによりてふたたび命を受け取られた
同じように不死鳥は、巣の中で幼いながらも、
神の子の力を示した。
灰からふたたび命へと目覚め、
四肢を具えたときに。
救いの主はわれわれに救いを、終りなき命をもたらされた
御体の死を通して。
そのように不死鳥はそのふたつの翼に
甘く喜びに満ちた香料、
大地の麗しき果実を満たす
魂を得るそのときに。

（『不死鳥』638b-654）

この詩では不死鳥のよみがえりとキリストの復活が見事に重ねられていることが見て取れる。そこで、この詩が先に見たエレジーと同じエクセター写本に収められていることと考え合わせると、『不死鳥』もエレジーと同様に、アングロ・サクソン人へのキリスト教布教で使用するために教会が詩人に書かせた、いわば「改宗テキスト」であるように思えてくる。

なるほど、『不死鳥』はエレジーとは趣が少し違う。エレジーは伝統的なゲルマン従士社会における主や仲間の喪失を嘆き、そこからこの世よりも天上での主のそばで得られる喜びを希求していた。『不死鳥』はそうではなく、だからこの詩はエレジーには分類されていないのだが、ずばり復活をうたっている。キリスト教以前のゲルマン人の信仰によれば、命を含む世界の万物は世界を循環していて、それが一時的に神から人間へ与えられた。人間が死ねば命は世界の循環の中へ回帰するが、またいつか戻ってくる。

宣教使節はこのよみがえり信仰とキリストの復活とのあいだに共通点を見出し、それを活用することにしたにちがいない。キリストは十字架上で亡くなり、死者のもとへと下り、そして三日後に復活して天上へ昇っていったとされている。そこでエレジーと同様に、ゲルマン社会で伝統的な知をうたうことを生業にしていた詩人に復活をテーマとした詩をうたわせたのだ。そうすることによってアングロ・サクソンの人々はこの新しい宗教に対してあまり抵抗感を抱くことなく宣教師の話に耳を傾けることができたであろう。それにしても折口の『死者の書』と古代エジプトおよび古英詩『不死鳥』は、奇妙な絆で結ばれている。折口は『死者の書』初稿版において鳥へと姿を変えた死者の霊魂の絵をつけている（図20を参照）。

面白いことに、古英語文学史をひもとくと、だいたい10世紀前半までに宗教詩は書かれなくなっていることに気づく。その後は散文の説教集に取って代わられるのである。これまで紹介したエレジーといわれる一連の詩や『不死鳥』は、いずれもエクセター写本に含まれるものであった。すでに記したようにエクセター写本はこの地の初代司教レオヴリックが大聖堂に寄贈したものである。ということはこの写本はレオヴリックが亡くなった１０７２年までにはできあがっていたこと意味する。エクセター写本の来歴について確実なことはこれだけである。

ところが少し視線を引いてこの写本を取り巻く時代状況に目を移すと、この写本はもとはといえばイングランドの教会で10世紀に興ったベネディクト派改革の産物ではないかと考えられている。キリスト教宣教使節がイングランドに上陸して２００年近くたった8世紀にはヨーロッパ大陸に先んじてブリテン島ではキリスト教文化が栄えたが、それも束の間のこと。8世紀後半から

図20　『死者の書』に付けられた絵

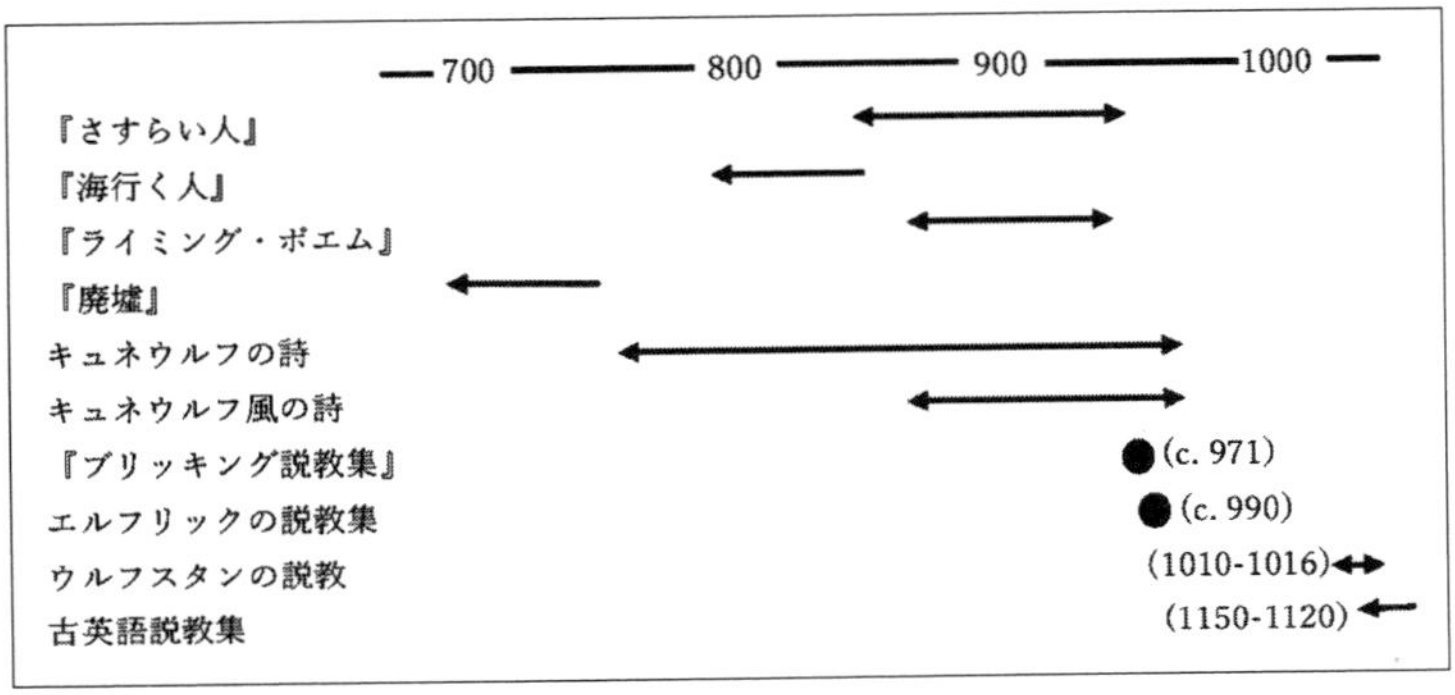

図21　エレジー制作時期

始まるヴァイキングの襲来により教会は破壊された。そして荒廃した国土からふたたびキリスト教文化を復活させるためにカンタベリーの大司教ダンスタン（909-988）を中心に修道院をベネディクト派の精神に則って再興する動きが始まった。それが10世紀の半ばから後半にかけてである。

ここまでの話はあくまでエクセター写本を取り巻く状況であった。ということは、写本に収められている個々の詩は当然のことながらそれ以前に書かれていたはずである。10世紀前半以前と考えてよいだろう。すると不思議なことに、だいたいこの10世紀前半を境にして古英語の宗教的な詩は書かれなくなるのに気づく。聖ヘレナや聖ジュリアナ伝説を詩にしたキュネウルフの宗教詩はおそらく最後のグループに入るだろう。これはいったい何を意味しているのであろうか。ゲルマンの詩人が伝統的に担っていた役割を考慮に入れると、次のような推測が成り立つ。つまり、教会は布教キャンペーンとして詩人を雇い、詩を書かせたが、布教開始から３００年ほどたち、ようやくキリスト教が人々のあいだに浸透した。そこで、もはや布教のためのいわば副読本としての詩の役割は薄れてきたのである。その証拠として、10世紀後半からは散文による説教集が出現するのだ。今後は主として散文の時代になるのである（図21を参照）。たとえばヴェルチェッリ写本に含まれる説教やブリックリング説教集といわれるものは10世紀半ばから後半、また説教をたくさん残したエルフリック（アルフリッチ、c. 950-c. 1010）やウルフスタン（d. 1023）もこの時代の人である。

アングロ・サクソン人のキリスト教改宗には詩がたいへん大きな役割を果たしたことが見て取れる。ここでもやはりことばは神とともにあったのだ。

あとがき

２０１７年というのは筆者にとって一生涯忘れえぬ年になるだろう。４月、所属先が明治大学へと変わったことを恩師の渡部昇一先生にご報告申し上げた直後に渡部先生は神のもとへ召された。恩師との別れが筆者をして本書を執筆させる動機になったのはまちがいない。

渡部先生は各方面で大活躍をされたけれど、学術分野での功績といえば『英文法史』（研究社、１９６５年）『英語学史』（大修館書店、１９７５年）『イギリス国学史』（研究社出版、１９９０年）に代表される研究があげられるが、もうひとつご自身の恩師であるカール・シュナイダー博士の研究を日本に紹介されたことも含めたい。『英語の語源』や『英語語源の素描』（大修館、１９８９年）などにおいてである。

ここでひとつ思うことがある。歴史に「タラ、レバ」はないというが、もし渡部先生が主として一部の新聞社との論争などをされなければ、学術の分野ではもっとシュナイダーの研究成果を広められたのではなかろうか。神のもとへと還って行かれる渡部先生をお見送りしながら、そんなことを考えた。

じつはシュナイダーの研究成果を整理し、活用しておられる先生がもう一人おられる。本書で何度もお名前を言及した土家典生先生は長らく上智大学で英語史の講義を担当されていた。筆者も先生の初期の教え子の1人である。土家先生の授業では毎回大量のハンドアウトが配られるが、そこにはシュナイダーの研究成果がふんだんにちりばめられていた。だから上智大学英文学科の卒業生の大半はルーン文字研究の話を一度は聞いているのだ。しかし、その土家先生もご定年により教壇から退かれた。残念なことに、かくしてシュナイダーにより始まり、渡部先生と土家先生によって継がれてきた英語学、古代ゲルマン学の火は上智大学から消え失せた。

そういうわけで、本書に記したことはシュナイダーというよりもむしろ土家先生から教わったことの方が多いというのが事実である。英語史の授業で配布されたハンドアウトのほかに、土家先生が書かれた「古英語における植物と成長」（小泉進、小倉博孝編『神話的世界と文学』上智大学出版、2006年）を大いに参照させていただいた。土家先生には心からの感謝をささげたい。

さて、本書で明らかにしたつもりのことだが、アングロ・サクソン人の改宗はなにも宗教史の問題のみにとどまらない。言語や文学においてもとてつもないほどの大きな影響を与える文化的大事件であった。残念なことではあるが、宗教史の専門家を除いて、このことに気づいているひとはあまり多くなさそうだ。その理由はひとえにゲルマン人の異教に対する洞察が深まっていないからなのだ。ゲルマン人の異教はルーン文字の使用と有機的に結びついていた。そしてルーン文字は暗号的側面をもっていた。しかしその暗号を解読するためにはspeculationが不可欠なのである。明示的なエビデンスにもとづいた研究方法ではとうてい手が届かない代物なのである。さもなければ、もとより暗号の意味がなくなってしまうわけだ。

カール・シュナイダーの偉大さはその明示的ではない分野へ洞察をいかんなく発揮させて、ルーン文字のみならずゲルマン人の異教世界をはっきりととらえたことである。それにしてもシュナイダーとミュンスター大学におけるその教え子たちの研究功績はものすごいものがある。本書ではそのつど名前をあげなかったものの、とりわけギュンター・ケラーマン、エルンスト・ディックにも負うところが大きい。ほかにもエゴン・ヴェアリッヒ、ゲッツ・ヴィーノルト、ヘルムート・ベッカース、ゲアトルート・ヒュルスマンの研究成果も本書のそこここにちりばめられている。土家先生のおことばを借りれば、「ひとつの山脈」をなすこれらシュナイダー学派(Schneider'sche Schule)についての詳細な書誌情報は後に掲げる主な参考文献をご覧いただきたい。

話は戻るが、エビデンスの最たるものは統計であり数字である。言い換えれば量的に表現可能なものである。しかし人間の精神はどういうわけか量的に表現可能なものばかりに囲まれていると痩せ細っていくようだ。それはたとえて言えば、健康のためにサプリメントばかり飲んでいても幸福を感じないのと同じことである。近代をサプリメントの時代とするなら、中世はうまみの時代と言える。いまではうまみを数値化する研究が進んでいると聞く。しかし折口信夫もカール・シュナイダーも人間の精神がとらえたうまみの世界へことばを通して肉迫した研究者であった。

第1章でふれたシュナイダー講義録の翻訳作業が少しずつではあるが進んでいる。本書ではほんの概略しか触れられなかったが、この講義録翻訳が完成した暁にはシュナイダー古代ゲルマン学の全貌が明らかになるだろう。そして英語学や言語学の分野のみならず、広く一般の世界でも近代的なものに少し疲れた心を潤してくれるにちがいない。そのときには明治大学がオアシス提供の場となれば、なお嬉しい。そんな希望と楽しみを胸にひとまず筆をおくことにする。

最後の最後になってしまったが、このたび明治大学出版会からリバティブックスの一冊として上梓させていただく機会を頂戴したことに対し、門脇耕三先生をはじめとする出版会の皆様と研究知財事務室職員の皆様、そして、シュナイダー博士お手製のルーン文字をテキスト内に組み込んで下さった外為印刷の渡邉靖史様と三浦悠太様にはこの場を借りて心よりお礼を申し上げます。

令和三年二月　春一番が吹いた日に

織田哲司

索引

◉ ———事　項

あ行

か行

さ行

た行

な行

は行

ま行

や行

ら行

わ行

◉ ―――人名・文献名

あ行

か行

さ行

た行

な行

は行

ま行

や行

ら行

わ行

◉———英　語

◉———古英語

◉ ドイツ語

◉ 古ノルド語

◉ ゲルマン諸語

◉ ————印欧諸語

図版についての情報

図1：シュレスヴィヒ・ホルシュタイン州立考古学博物館にて筆者撮影

図2：ウィキペディアより
https://commons.wikimedia.org/wiki/File:Luke_St_Augustine%27s_Gospels_Corpus_Christi_Cambridge_MS_286.jpeg

図3：デンマーク国立博物館にて筆者撮影

図4：土家典生「古英語における植物と成長」、小泉進、小倉博孝編『神話的世界と文学』（上智大学出版、2006年）所収より

図5：ウィキペディアより
https://commons.wikimedia.org/wiki/File:The_Cerne_Abbas_Giant_-_011.jpg（Pete Harlow 撮影の写真を拡大）

図6：筆者作成

図7：Karl Schneider, "Zu den Inschriften und Bildern des Franks Casket und einer ae. Version des Mythos von Balders Tod", in *Festschrift für Walther Fischer* (Heidelberg 1959) より

図8：土家典生「古英語における植物と成長」より

図9：土家典生「古英語における植物と成長」より

図10：ウィキペディアより
Axel Hendemith. https://de.wikipedia.org/wiki/Datei:Pferdek%C3%B6pfe_Giebel.jpg

図11：ウィキペディアより
Malene Thyssen, http://commons.wikimedia.org/wiki/user:Malene

図12：皇居東御苑にて筆者撮影

図13a：デンマーク国立博物館にて筆者撮影

図13b：Hermann Güntert, *Altgermanischer Glaube nach Wesen und Grundlage* (Carl Winter, 1937) より

図14：州立オルデンブルク博物館にて筆者撮影

図 15：George Stephens, *Handbook of the Old-Northern Runic Monuments of Scandinavia and England* (Williams and Norgate, 1884) より

図16：土家典生「古英語における植物と成長」より

図17：土家典生先生作成

図 18：Karl Schneider, *Die germanischen Runennamen: Versuch einer Gesamtdeutung; ein Beitrag zur idg./germ. Kultur- und Religionsgeschichte* (Anton Hain, 1956) より

図19：Credit: Alicia Canter / Guardian / eyevine

図20：折口信夫著、安藤礼二編『初稿・死者の書』(国書刊行会、2004年) より

図21：筆者作成

主な参考文献

和文

忍足欣四郎(訳).『中世イギリス英雄叙事詩ベーオウルフ』(岩波書店, 1990).
折口信夫.『折口信夫全集1:古代研究(国文学編)』(中央公論社, 1995).
——.『折口信夫全集2:古代研究(民族学編1)』(中央公論社, 1995).
——.『折口信夫全集3:古代研究(民族学編2)』(中央公論社, 1995).
——.『折口信夫全集27:死者の書・身毒丸(小説・初期文集)』(中央公論社, 1997).
——.『古代研究Ⅲ－国文学の発生』中公クラシックス(中央公論新社, 2003).
シュナイダー、カール.土家典生(訳).「アングロ・サクソンの隠れ異教徒」(上)(中)(下),『月刊言語』Vol. 15(大修館書店, 1986), No. 1, pp. 28-37, No. 2, pp. 28-27, No. 3, pp. 18-25.
谷口幸男(訳).『エッダ—古代北欧歌謡集』(新潮社, 1973).
土家典生.「古英語における植物と成長」小泉進、小倉博孝編『神話的世界と文学』(上智大学出版, 2006) pp. 55-87.
渡部昇一.『国語のイデオロギー』(中央公論社, 1977).
——『英語の歴史』(大修館, 1983)

欧文

Allott, Stephen. *Alcuin of York*. York: Willian Sessions, 1974.
Almgren, Oscar. *Nordische Felszeichnungen als religiöse Urkunden*. Frankfurt am Main: Moritz Dietersweg, 1934.
Beckers, Helmut. Die Wortsippe +hail und iohr sprachliches Feld im älteren Westgermanischen. Diss. Münster, 1968.
Dick, Ernst S. *Ae. Dryht und seine Sippe: Eine wortkundliche, kultur- und religionsgeshichtliche Betrachtung zur altgermanischen Glaubensvorstellung vom wachstümlichen Heil*. Münster: Aschendorff, 1965.

Elliott van Kirk, eds. *The Anglo-Saxon Poetic Records VI: The Anglo-Saxon Minor Poems*. New York: Columbia Univ. Press, 1942.

——. eds. *The Anglo-Saxon Poetic Records IV: Beowulf and Judith*. New York: Columbia Univ. Press, 1953.

Hülsmann, Gertrud. *Der Caedmon-Hymnus: Versuch einer Neudeutung in sprach- und religionsgeschichtlicher Sicht*. Diss. Münster, 1980.

Kellermann, Günter. *Studien zu den Gottesbezeichnungen der angelsächsischen Dichtung: Ein Beitrag zum religionswissenschaftlichen Verständnis der Germanenbekehrung*. Diss. Münster, 1954.

Klinck, Anne L. *The Old English Elegies: A Critical Edition and Genre Study*. Montreal and Kingston: McGill-Queen' s Univ. Press, 1992.

Krapp, George Philip, Dobbie, Elliott van Kirk, eds. *The Anglo-Saxon Poetic Records III: The Exeter Book*. New York: Columbia Univ. Press, 1936.

Robinson, Rodney Potter, ed. *The Germania of Tacitus: A Critical Edition*. Middletown, Conn.: The American Philological Association, 1935.

Schneider, Karl. *Die germanischen Runennamen: Versuch einer Gesamtdeutung. Ein Beitrag zur idg./germ. Kultur und Religionsgeschichte*. Meisenheim am Glan: Anton Hain, 1956.

——. "Zu den Inschriften und Bildern des Franks Casket und einer ae. Version des Mythos von Balders Tod." Festschrift für Walther Fischer (Heidelberg, 1959). pp. 4-20.

——. eds. Shoichi Watanabe, Norio Tsuchiya, *Sophia Lectures on Beowulf*. Tokyo: Taishukan, 1986.

Sedgefield, Walter John. *King Alfred' s Old English Version of Boethius De consolatione philosophiae*. Darmstadt: Wissenschaftliche Buchgesellschaft, 1968.

de Vries, Jan. *Altgermanische Religionsgeschichte*. 3. Aufl.2 Bde. Berlin, 1970.

Watkins, Calvert. *How to Kill a Dragon: Aspects of Indo-European Poetics*. Oxford: OUP, 1995.

Werlich, Egon. *Der westgermanische Skop: Der Aufbau seiner Dichtung und sein Vortrag*. Diss. Münster, 1964.

Wienold, Götz. *Genus und Semantik*. Diss. Münster, 1964.

織田 哲司（おだ・てつじ）
1965年（昭和40年）京都市生まれ。明治大学農学部教授。文学博士。上智大学大学院ならびにロンドン大学大学院修了。2009年から2010年までドイツ・ミュンスター大学客員研究員。著書に『英語の語源探訪―ことばと民族の歴史を訪ねて―』（大修館書店）、『「人間らしさ」の言語学』（開拓社）、共著に『学びて厭わず、教えて倦まず“知の巨人”渡部昇一が遺した学ぶべきもの』（辰巳出版）、訳に『ミルワード神父のシェイクスピア物語』（創文社）などがある。

明治大学リバティブックス
インタープレタティオ・ヤポニカ
―アングロ・サクソン人の改宗と詩―

2021年3月31日　初版発行

著作者……………… 織田哲司
発行所……………… 明治大学出版会
〒101-8301
東京都千代田区神田駿河台1-1
電話　03-3296-4282
https://www.meiji.ac.jp/press/
発売所……………… 丸善出版株式会社
〒101-0051
東京都千代田区神田神保町2-17
電話　03-3512-3256
https://www.maruzen-publishing.co.jp
印刷・製本……… 株式会社外為印刷

ISBN 978-4-906811-30-4 C1098

新装版〈明治大学リバティブックス〉刊行にあたって

教養主義がかつての力を失っている。
悠然たる知識への敬意がうすれ，
精神や文化ということばにも
確かな現実感が得難くなっているとも言われる。
情報の電子化が進み，書物による読書にも
大きな変革の波が寄せている。
ノウハウや気晴らしを追い求めるばかりではない，
人間の本源的な知識欲を満たす
教養とは何かを再考するべきときである。
明治大学出版会は，明治20年から昭和30年代まで存在した
明治大学出版部の半世紀以上の沈黙ののち，
2012年に新たな理念と名のもとに創設された。
刊行物の要に据えた叢書「明治大学リバティブックス」は，
大学人の研究成果を広く読まれるべき教養書にして世に送るという，
現出版会創設時来の理念を形にしたものである。
明治大学出版会は，現代世界の未曾有の変化に真摯に向きあいつつ，
創刊理念をもとに新時代にふさわしい教養を模索しながら
本叢書を充実させていく決意を，
新装版〈明治大学リバティブックス〉刊行によって表明する。

2013年12月
明治大学出版会